KB046466

데스타이머

데스타이머

전성현
소설집

사계절

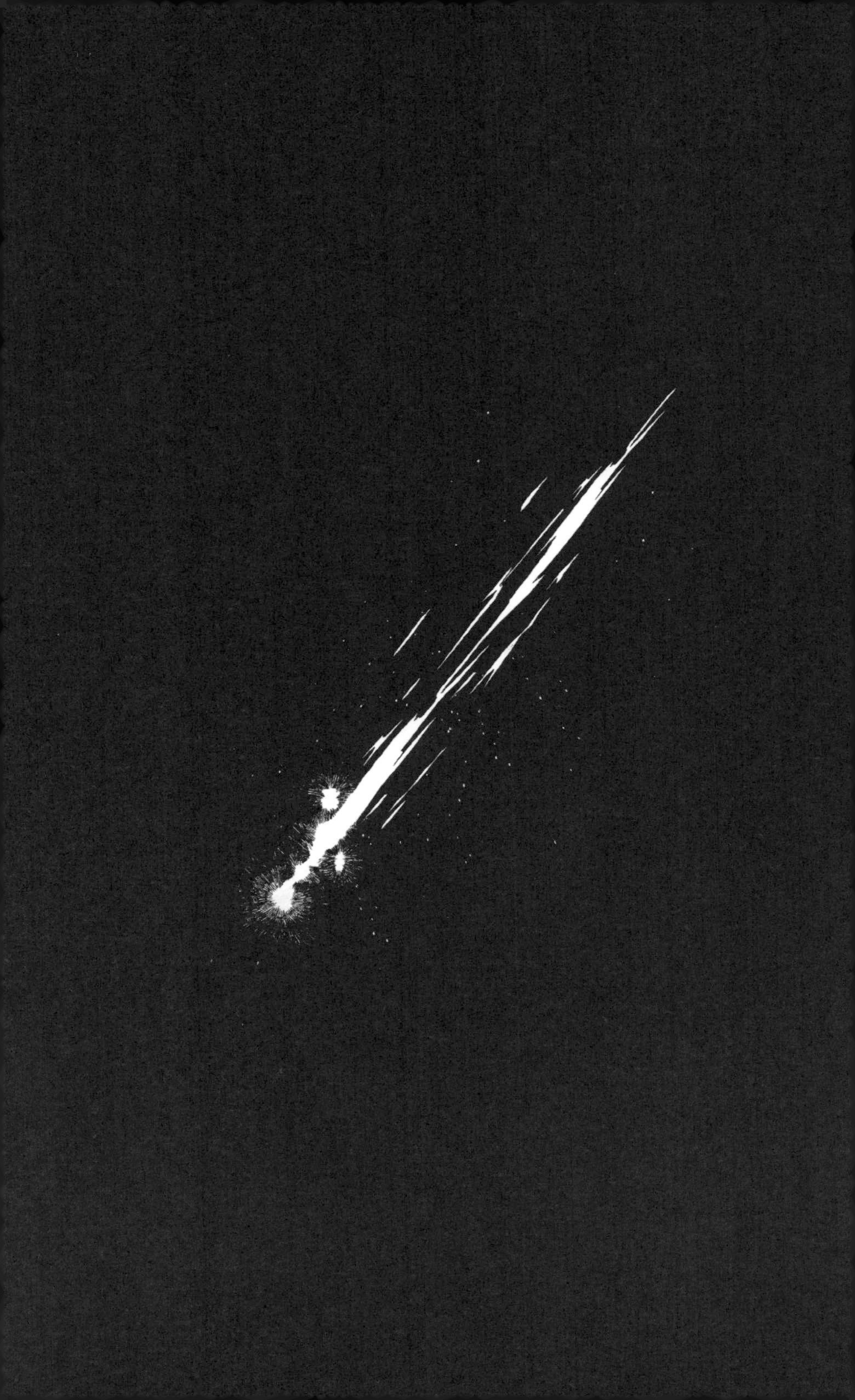

차례

포춘 쿠키

재개발로 마을 사람들 대부분이 빠져나간 행운동 마을버스 정류장에 쿠키 자판기가 설치됐다. 누가, 언제 설치했는지는 아무도 몰랐다. 길을 오가는 사람들은 무심히 자판기 앞을 지나칠 뿐 쿠키를 사 먹는 사람은 보기 힘들었다. 동네에 남은 사람이 적었을뿐더러, 바쁘고 힘들게 사는 사람들이 자판기 쿠키에까지 관심을 둘 여유가 없었기 때문이다.

늦은 오후, 야간 청소 일을 가던 아주머니가 자판기 앞에서 걸음을 멈추었다. 포장한 쿠키인데도 자판기에서 고소한 향이 감돌았다. 쌀쌀해진 가을 날씨에 쿠키 향이 몸을 따뜻하게 데워 주는 듯했다. 자판기 창 안으로 잘 구워진 여러 종류의 쿠키가 보였다. 초콜릿이 덩어리째 들어간 초코 쿠키, 호두 조각이 뿌려진 호두 쿠키, 버터를 넣은 노란색 사블레 쿠키도 있었다.

그중에서도 모양이 독특한 쿠키가 아주머니 눈에 들어왔다. 동그란 모양의 얇은 반죽을 반달로 접은 뒤 양쪽 귀퉁이를 당겨 붙여 놓은 모양이었다. 마치 잘 빚은 만두처럼 정교해 보였다. 쿠키 한쪽에는 글귀가 적힌 종이가 살짝 삐져나와 있었다. 포춘 쿠키였다. 자판기에는 '어떤 쿠키든지 구매하면 행운이 담긴 포춘 쿠키를 한 개씩 드립니다'라는 안내문이 붙어 있었다. 아주머니는 지갑을 꺼내려고 가방에 손을 넣었다가 쿠키 가격을 보고는 그만두었다.

"내가 무슨 간식을."

포춘 쿠키의 행운보다는 당장 식구들 배를 채워 줄 음식이 더 간절했다. 아주머니는 아쉬운 얼굴로 자판기를 바라보다 마을버스가 도착하자 서둘러 올라탔다.

그 모습을 한 남자가 불편한 눈빛으로 바라보고 있었다. 행운동에 집을 여러 채 사 둔 투기꾼이었다. 남자는 밤마다 동네에 찾아와 집에서 흘러나오는 몇 안 남은 전등불이 모두 꺼지길 기다리고 있던 터였다. 겨울이 지나면 시작될 재개발이 차질 없게 진행되도록 매일같이 곳곳을 살피고 다녔다. 동네에 남아 있는 사람들을 만날 때면 추운 겨울이 오기 전까지는 집을 비워야 한다며 이사 가길 재촉했다. 세입자들만 살고 있는 집 담벼락엔 빨간색 페인트로 '철거'라고 적었고, 빈집의 창은 모두 깨트리고 다녔다. 심지어 동네에 떠돌아다니는 개와 고양이들까지 없앤다며 여기저기 덫을 놓았다.

그런 와중에 뜬금없게도 쿠키 자판기가 들어선 것이다. 골목을 뛰어다니는 아이들의 종알대는 소리도 사라지고, 평상에 모여 앉은 할머니들의 수다도 사라진 동네에 늦은 밤까지 환하게 불이 켜진 쿠키 자판기가 활기를 주는 듯해 남자는 꺼림칙했다. 꼭 영업을 마치고 막 간판 불을 끄려는데 문틈을 비집고 들어와 음식을 주문하는 손님처럼 느껴졌다.

마음 같아서는 당장에라도 자판기를 없애고 싶었지만 관심을 두는 사람이 없는 것 같아 굳이 나서지 않았다. 쿠키가 팔리지 않으면 조만간 철거될 거라 여겼다. 하지만 불편한 기분은 여전했다. 남자는 자판기를 발로 툭툭 쳐 보고는 자리를 떠났다.

얼마 뒤 교복을 입은 남학생이 골목 언덕길을 내려왔다. 학생은 뛰듯이 걸음을 옮겼다. 전단지 아르바이트를 하러 가는 길이었다. 청소 당번이라 학교에서 늦게 끝난 터였다. 서둘러 시내에 가야 직장인들 퇴근 시간에 맞춰 전단지를 나눠 주고 조금이라도 빨리 집으로 돌아올 수 있었다.

아무도 없는 정류장에 도착해 마을버스를 기다렸다. 잠시 뒤 대여섯 살쯤 된 남자아이가 장난감 포클레인과 트럭을 들고 와 정류장 의자에 앉았다. 버스를 타려는 건 아니었는지 "부릉, 부릉." 소리 내며 장난감을 가지고 놀았다.

학생은 아이가 노는 모습을 지켜보다 달콤한 쿠키 향에 고개를 돌렸다. 노르스름하게 잘 구워진 쿠키들이 먹음직스러워 보였다. 학생은 바지 주머니에 손을 넣고 동전을 만지작거렸다. 그러다 쿠키 가격을 확인하고는 동전을 꺼내 하나하나 개수를 세었다.

"형, 나 저거 먹고 싶어."

어느새 옆에 다가온 아이가 초코 쿠키를 손으로 가리키며 말했다. 학생은 오가는 길에 몇 번 마주쳤던 아이가 살갑게 말을 건네 당황스러웠다.

"초, 코, 쿠키?"

학생이 아이의 얼굴을 내려다보며 물었다.

"응, 아까부터 먹고 싶었어."

아이는 꿀꺽 침을 삼키고는 쿠키에서 눈을 떼지 못했다. 학생은 잠시 고민하다 고개를 들었다. 종이가 살짝 삐져나온 포춘 쿠키가 눈에 들어왔다.

때마침 정류장으로 마을버스가 들어서고 있었다. 학생은 아이와 버스를 번갈아 바라보았다. 그러다 급히 동전을 세어 자판기에 넣었다. 선택 버튼을 누르자 포장된 초코 쿠키와 포춘 쿠키가 하나씩 배출구로 나왔다.

학생은 쿠키를 꺼내 아이 손에 쥐여 주었다. 아이 얼굴에 미소가 번졌다. 그사이 마을버스가 도착해 문이 열렸지만 학생은 버스를 타는 대신 급히 시내를 향해 뛰어갔다.

아이는 초코 쿠키를 먹으며 다시 자동차 놀이를 시작했다. 장난감 포클레인에 쿠키를 얹어 트럭에 올려놓았다가 내려놓기를 반복했다. 한참을 놀다 지겨워졌는지 독특한 모양의 포춘 쿠키로 시선을 돌렸다. 처음 보는 모양의 과자였다.

비닐을 뜯은 뒤 쿠키를 반으로 갈라 한쪽에 삐져나온 종이를 꺼냈다. 한동안 멍하게 종이를 보고 있으니 지나가던 이웃집 할아버지가 손수레를 내려놓고는 아이에게 물었다.

"뭐라고 쓰여 있나 읽어 줄까?"

아이에게 종이를 건네받은 할아버지는 천천히 글씨를 읽어 주었다.

"당신은 머지않은 훗날 큰 부자가 될 것입니다."

아이는 할아버지의 말을 듣는 둥 마는 둥 쿠키를 입에 넣고 오도독오도독 깨물어 먹었다.

다음 날 오후, 아이는 또 정류장에 나와 있었다. 아이 옆엔 오늘도 장난감 포클레인과 트럭이 놓여 있다. 아이는 누군가를 찾는 듯 둘러보았다. 그러다 투기꾼인 남자가 양복을 입고 온 건설 회사 직원들과 무리 지어 다니는 모습을 발견했다. 아이는 장난감을 챙겨 얼른 가까운 건물 안으로 몸을 숨겼다.

언젠가 남자는 골목에서 혼자 놀고 있는 아이를 보더니 장난감 트럭을 발로 찼다. 퍽 소리와 함께 트럭에 실려 있던 돌멩이와 풀꽃들이 바닥에 흩어졌다. 남자는 발로 풀꽃을 짓이

기며 진짜 포크레인으로 집을 부수기 전에 동네를 떠나라고 으박질렀다. 며칠 전에는 검은 조끼를 입은 사람들을 데리고 와 동네 사람들과 싸움을 벌였다. 그때는 진짜로 조끼를 입은 사람들이 집을 부수고 다녔다. 그 일로 몇몇 어른들이 다치는 걸 봤다.

아이는 오늘 저 아저씨가 무슨 일을 벌이러 이곳에 온 건가 싶었다. 아저씨의 외투 주머니에는 딱 봐도 두툼해 보이는 흰 봉투가 삐져나와 있다. 아이는 아저씨의 뒷모습을 보고는 혀를 쑥 내밀었다.

"어, 어디 가. 형아!"

아이는 급하게 자기 앞을 뛰어가는 사람을 보고 소리쳤다. 어제 쿠키를 사 준 형이었다. 학생은 아이를 돌아보고 말했다.

"미안, 나 오늘은 돈이 없어서."

"아니, 아니야. 오늘은 내가 사 주려고."

아이가 쫓아가 학생의 옷깃을 붙잡았다.

"네가?"

"응, 나 부자 됐거든."

아이가 고개를 끄덕이더니 한 손에 꼭 쥐고 있던 동전을 보여 주었다. 오백 원이었다. 쿠키를 사기에는 부족한 돈이었다.

"우리 집 서랍장 밑에서 찾았다."

아이가 학생의 손을 잡아당겼다.

"괜찮아. 나 안 먹어도 돼."

그런데 말이 끝나기도 전에 배에서 꼬르륵 소리가 났다.

"아니야, 쿠키 사 줄게. 따라와."

아이는 학생을 자판기까지 끌고 갔다.

"행운이 담긴 쿠키."

아이가 오백 원을 동전 투입구에 넣고 쿠키를 고르는 사이 학생은 아이 모르게 부족한 돈을 동전 투입구에 넣었다. 조금 뒤 아이가 선택 버튼을 누르자 호두 쿠키가 포춘 쿠키와 함께 배출구로 떨어졌다.

"꺼내 봐. 쿠키."

아이의 말에 학생은 쿠키를 꺼내 들었다. 구운 지 시간이 꽤 지난 것 같은데 온기가 느껴졌다. 부드러운 버터 향이 학생의 조급했던 마음을 편안하게 풀어 주었다.

"형, 행운이 뭔지 빨리 읽어 봐."

아이가 다시 재촉하듯 말했다. 학생은 포춘 쿠키에 담긴 종이를 꺼냈다. 그러고는 종이에 쓰인 글귀를 읽었다.

"당신은, 곧, 달릴 수 있게 됩니다."

학생은 글을 읽고 웃었다. 아르바이트 시간에 늦지 않으려면 안 그래도 뛰어가야 했다. 버스 탈 돈이 남아 있지 않았다. 봉투에 담긴 호두 쿠키의 반을 덜어 아이의 손에 쥐여 주고는 남은 쿠키를 가방에 집어넣었다. 마음이 급했다.

아이와 눈인사를 하고는 다시 시내로 뛰어가려는데 이웃집 할아버지가 보였다. 재활용 폐지가 담긴 손수레를 끌고 오고 있었다.

"학생, 안 그래도 찾았는데."

할아버지가 손을 들어 학생을 불렀다. 그러더니 수레를 가리켰다.

"고물상에 넘기려다 학생이 쓸 수 있을 것 같아서 가져왔어."

학생의 눈이 동그래졌다. 손수레에 실린 검은색 자전거가 보였다. 낡기는 했지만 아직 탈 수 있는 자전거였다.

"저한테 주려고 여기까지 싣고 오신 거예요?"

학생의 물음에 할아버지는 멋쩍은 듯 다른 얘기를 꺼냈다.

"요즘은 멀쩡한 물건들을 많이 버린다니까."

"그래도 무거우셨을 텐데."

학생은 수레에서 자전거를 내리는 할아버지를 도왔다.

"바쁜 것 같은데 얼른 타고 가."

학생은 할아버지에게 감사 인사를 한 뒤 자전거에 올랐다. 한두 번 페달을 굴려 중심을 잡더니 이내 힘차게 앞으로 나아갔다.

다음 날, 학생은 자전거를 타고 집을 나섰다. 아르바이트에 가기 위해 골목길을 나선 뒤 정류장을 둘러보았다. 아이를 만나면 행운의 쿠키 덕에 자전거가 생겼다고 얘기해 주고 싶었다. 하지만 아이가 보이지 않았다. 대신 투기꾼인 남자가 못마

땅한 얼굴로 쿠키 자판기를 쳐다보고 있었다. 학생은 남자와 눈이라도 마주칠까 싶어 시선을 돌리고 자전거 페달을 밟았다. 괜히 알은척이라도 하면 병원에 있는 아빠를 설득해 이사부터 가라고 재촉할 게 뻔했다.

학생이 가고 난 뒤 도로에는 하나둘 가로등이 켜지기 시작했다. 얼마 뒤 정류장에 도착한 마을버스에서 한 아주머니가 내렸다. 며칠 전 포춘 쿠키를 사려다 그냥 가 버린 아주머니였다. 아주머니가 오늘은 주저하지 않고 쿠키를 샀다. 노랗게 잘 구워진 사블레 쿠키와 포춘 쿠키를 자판기에서 꺼낸 뒤 손목시계를 보았다.

"자네, 이제 일 나가나?"

수레를 끌고 오던 할아버지가 아주머니에게 물었다.

"저 퇴근하고 오는 길이에요. 오늘부터 낮 근무를 하게 됐거든요. 정규직 됐어요."

"아, 걱정하더니 다행이야. 잘되었어."

"그동안 저희 가족 챙겨 주셔서 감사했어요."

아주머니가 손에 들고 있던 쿠키 봉투를 선뜻 할아버지에게 건넸다.

옆에서 지켜보던 남자는 불편한 얼굴로 두 사람 가까이로 다가갔다. 아주머니와 할아버지가 대화를 그만두길 바랐지만 두 사람 중 누구도 남자의 존재를 신경 쓰지 않았다.

"아니, 나 이런 거 안 좋아하는데."

할아버지는 아주머니에게 손을 내저었다.

"그러지 마시고 우선 하나만 드셔 보세요."

아주머니는 사블레 쿠키를 하나 꺼내 할아버지에게 건넸다. 할아버지는 멋쩍어하다 쿠키를 한 입 베어 물었다. 이가 좋지 않았지만 부드러운 쿠키는 소보로빵처럼 입안에 녹아들었다.

"할아버지의 행운은 뭘까요?"

아주머니가 손에 들고 있던 포춘 쿠키를 할아버지에게 건네자 그 모습을 지켜보던 남자는 헛웃음을 지었다.

"아니, 무슨 과자에서 행운을 찾습니까?"

남자의 물음에 아주머니는 대꾸하지 않았다.

"할아버지, 쿠키 종이에 쓰인 글 제가 읽어 드릴까요?"

할아버지가 고개를 끄덕이자 아주머니가 종이를 꺼내 읽었다.

"당신은 곧 나비를 만나는 기쁨을 얻게 될 것입니다."

아주머니의 말에 할아버지는 미소를 지었다. 하지만 아주머니의 행동이 마음에 들지 않던 남자는 뜬금없다는 얼굴로 말했다.

"뭐, 이 가을에 나비를 만나? 10월의 마지막 날에?"

남자는 깔깔깔 웃더니 돌아서서 말을 이었다.

"아줌마, 지금 그런 쿠키나 사서 선물할 땐가?"

남자가 아주머니 어깨를 툭 쳤다.

"뭐라고요?"

"돈이 남아돌아? 이런 데 쓰게. 도대체 행운이란 게 어딨어."

남자의 우악스러운 말에도 아주머니는 기죽지 않고 대꾸했다.

"누구나 얻을 수 있기에 행운 아닙니까?"

"쳇, 행운이라는 건 없어. 모든 걸 거저 얻는 줄 알아? 죽도록 노력해야지 얻는 거라고. 하여간 요즘 사람들 문제라니까."

남자가 길 한편에 떨어져 있던 막대기를 주워 들더니 있는 힘껏 자판기를 향해 내리쳤다. 할아버지가 말렸지만 막무가내였다. 몇 번을 더 내리치자 와장창 소리와 함께 자판기 창이 깨졌다. 남자는 거기서 멈추지 않았다. 자판기를 앞뒤로 흔들어 댔다. 그러자 자판기에 있던 쿠키들이 와르르 쏟아졌다. 남자는 땅에 나뒹굴고 있는 포춘 쿠키를 하나 집어 들고는 소리치듯 말했다.

"그래, 거저 얻는 행운이 어떤 건지 한번 볼까?"

남자는 바닥에 떨어진 포춘 쿠키를 하나 집어 들더니 안에 든 종이를 거칠게 빼내고는 소리 내어 글귀를 읽었다.

"당신은 지금 가장 원하는 것을 이루게 될 것입니다."

남자가 "크흐흐." 웃었다.

"가장 원하는 것을 이루다니…… 뭐 이런 이도 저도 아닌 행운이 있어?"

남자는 버럭 성질을 낸 뒤 손에 쥐고 있던 쿠키를 땅바닥으로 내팽개쳐 버렸다.

"내가 지금 원하는 건 이 동네의 불이 모두 꺼지는 거라고. 알아듣겠어?"

남자는 하루라도 빨리 재개발이 되기 위해서는 사람들이 모두 이 동네를 떠나야 한다고 생각했다.

"이런 자판기도 사라지고."

그때 골목에서 한 아이가 뛰어나왔다. 늘 버스 정류장에서 놀던 아이였다. 아이가 무언가를 품에 안고 뛰어오고 있었다. 남자는 아이를 겁주려고 씩씩대며 걸어갔다.

"저런 아이들도 없어졌으면 좋겠어. 아직도 동네가 너무 시끄럽단 말이야!"

남자는 아이가 자기를 보고 놀라 옆으로 물러서길 바랐다. 하지만 아이는 남자를 전혀 신경 쓰지 않고 곧장 할아버지에게로 향했다.

"할아버지, 찾았어요!"

아이 품에는 작은 고양이 한 마리가 안겨 있었다.

"고양이 찾았다고요."

할아버지의 얼굴이 환해졌다.

"오, 우리 나비구나!"

고양이가 할아버지를 보더니 반갑다는 듯 "미야옹." 울었다.

"이놈, 어딜 헤매고 다녔길래 이리 까맣게 때가 탔누."

아이는 할아버지에게 고양이를 건네고는 자판기 주위를 정리하던 아주머니에게 물었다.

“엄마! 벌써 왔어?”
“응. 오늘부터는 일찍 온다고 했잖아. 엄마 진짜 취직했어.”
“그럼, 우리 이제 부자야?”
아주머니는 아이를 꼬옥 안았다.
“앞으로 부자 돼야지.”
남자는 사람들을 지켜보다 뒷걸음질을 쳤다. 그러고는 할아버지가 받았던 행운의 메시지를 떠올렸다.
‘나비를 만나는 기쁨? 할아버지가 만난다는 나비가 고양이였어?’
남자가 머리를 흔들었다.
‘말도 안 돼. 우연의 일치였던 거야.’
남자는 현기증이 일어 잠시 휘청였다. 그러고는 실수했다는 생각에 숨듯이 가까운 골목 안으로 들어갔다.
“정말 포춘 쿠키가 행운을 가져다준 걸까?”
남자는 고개를 가로저었다.
“아까 내 행운이 뭐였지?”
남자는 낯선 골목길에 서 있었다. 길이 익숙하지가 않았다. 어느새 주위는 어둑해졌다. 빠져나갈 길이 보이지 않았다. 모든 집에 불은 꺼져 있고 심지어 가로등까지 잠든 듯했다. 오늘따라 별도 보이지 않았다.
사람이 빠져나간 집마다 창문은 깨졌고, 대문은 모두 열린 상태였다. 담벼락에는 빨간색으로 ‘철거’라고 쓰인 글자들이 반복해서 보였다. 가도 가도 골목길 끝은 나오지 않고, 폐허가 된 풍경만 이어졌다. 기온은 계속해서 떨어져 추위가 몰려왔다. 남자는 옷깃을 여미고 양팔을 감쌌다.

"불 켜진 집 어디 없나?"

전등불이 들어온 집을 찾으면 쫓아가 도움을 구하고 싶었다. 누군가 길을 알려 주길 바랐다. 남자는 왔던 길로 돌아가려 했지만 쉽지 않았다. 길을 찾을 수 없었다. 조금씩 두려워지기 시작했다.

"거기 누구 없어요?"

남자가 소리를 질렀다.

"아무도 없냐고!"

남자의 소리가 울리지 않고 어둠 속으로 빨려 들어갔다. 바람에 흔들리는 나뭇가지 소리도 개 짖는 소리나 고양이 울음소리도, 아무것도 존재하지 않았다.

침묵과 고요가 남자를 짓눌렀다.

가도 가도 계속되는 것은 어둠뿐이었다.

가설의 입증

선우는 조심스럽게 기숙사 방문을 열었다. 그러고는 216호를 쳐다보았다. 같은 반 태민이 지내는 방이었다. 조금 전까지 분명 웃음소리가 들렸다. 기분 좋은 소리는 아니었다. 울음 섞인 소리가 이어지다 낄낄거리는 소리로 끝나는, 조금은 기괴하게 느껴지는 낮은 웃음소리였다.

"다른 방에는 안 들리나?"

태민의 방에서 웃음소리가 들리기 시작한 지 벌써 열흘째였다. 아무래도 복도 끝에 있는 방이라 다른 아이들은 듣지 못하는 모양이었다. 선우는 215호 방문을 닫고 들어와 침대에 누웠다. 시계를 보니 자정이 넘었다. 처음에는 별로 신경 쓰이지 않았는데, 자정이 지나면 매일같이 들려오는 그 소리가 언젠가부터 이상하게 생각되었다. 그러던 차에 오늘은 작정하고

귀를 기울이던 터였다. 간혹 화장실 배관이나 방 사이 환기구를 통해 다른 층에서 나는 소리들이 전달되기도 하지만 조금 전 소리는 분명 옆방 216호에서 난 거였다.

선우는 태민이 왜 자정이면 음흉한 소리를 내는지 알고 싶었다. 들으면 들을수록 살기가 느껴지는 웃음소리였다. 점잖고 진중한 성격인 태민이 무엇 때문에 저런 소리를 내는 건지도 궁금했다.

"웹소설이라도 읽는 걸까?"

선우가 다니는 학교는 100년이 넘는 역사를 가진 명문 사립 학교였다. 예전에는 상급 학교 진학률이 좋아 명문이었다면 지금은 보안과 방역 시설의 우수함이 더해져 명문으로 인정받고 있다.

방역이 중요시되는 학교인 만큼 학기 중에는 한 달에 한 번 외박이 허락됐고, 외부에서 학교로 돌아온 이후에는 여러 바이러스 검사가 진행되었다. 간혹 학교 밖에서 유행성 독감이나 호흡기 바이러스가 퍼지면 학생들은 그나마도 짧았던 외부와의 교류를 끊어야만 했다. 이러한 교칙은 학생뿐 아니라 교사나 직원들에게도 똑같이 적용되었다.

철저한 방역 시스템으로 학사 일정은 외부의 영향을 받지 않았다. 그러다 보니 학교에 입학하기 위해선 학생들의 성적이 우수해야 하는 건 물론이고 부모들이 비싼 학비와 생활비를 감당할 수 있어야 했다.

선우가 공부를 잘했던 건 아니다. 지금은 건강해졌지만 어렸을 때 잔병치레가 잦았던 탓에 책을 가까이할 수 없었다. 입학시험에서 떨어진 뒤 공립 학교 진학을 준비하고 있었는데 어찌 된 일인지 학교에 자퇴자들이 생겨 예비 번호로 들어오게 된 것이었다. 게다가 운 좋게도 학교 이사장 장학금까지 받게 되었다. 선우는 갑작스레 일어난 행운의 출처가 궁금했지만 수업을 따라가기에도 바빠 더 관심을 두지 못했다.

기숙사 소등 시간은 밤 열 시였다. 공식적으로 소등 시간 이후로 모든 학생들은 잠자리에 들어야 했다. 선우도 처음엔 그 규칙을 따랐다. 하지만 그렇게 해서는 학교 수업을 따라갈 수 없다는 걸 알게 되었다. 선우는 스탠드 불빛이 새어 나가지 않도록 암막 커튼으로 창을 가리고 공부했다. 학교는 운으로 들어왔을지 몰라도 성적은 운이 따르지 않는다는 것 정도는 알고 있었다.

그러던 어느 날부터 옆방에서 기분 나쁜 웃음소리가 들리기 시작했다. 큰 문제는 아니라고 생각했지만, 계속되는 그 소리에 선우는 도저히 공부에 집중을 할 수가 없었다. 웃음소리의 이유를 알고 싶어 낮에 태민을 슬쩍 떠보기도 했다.

"태민아, 혹시 늦게까지 공부해?"

선우의 물음에 태민은 의외라는 표정이었다.

"나 열 시면 자는데. 소등하면 자야 하는 거 아니야?"

태민의 웃음소리가 들린 시간은 자정 전후였다.

"그럼, 혹시 악몽 자주 꿔?"

선우의 말에 태민이 이상하다는 얼굴로 쳐다보았다. 거짓말을 하는 눈빛은 아니었다.

"아니, 왜?"

"어, 그냥."

선우는 더 물어보지 못했다. 자정만 되면 들리는 기이한 웃음소리에 대해 말하면 혼자 이상한 사람이 될 것 같았다.

다음 날 아침, 태민은 별일 없다는 듯 교실로 들어왔다. 하지만 어제보다 더 피곤해 보이는 얼굴이었다. 선우는 태민의 어두운 얼굴이 지난밤 들었던 웃음소리와 관련이 있을 거라고 생각했다.

"밤에 잠 못 잤어? 얼굴이 안 좋네."

선우가 앞자리에 앉는 태민에게 물었다.

"많이 잤는데도 그러네."

태민은 남은 잠을 털어 버리려는 듯 머리를 흔들었다. 태민의 긴 옷소매가 선우의 눈에 들어왔다. 한여름이 가까워졌는데도 아직 긴팔 교복을 입고 있었다. 그러고 보니 아직도 동복을 입은 아이들이 여러 명 눈에 띄었다.

수업이 시작되자 태민은 턱을 괴거나 고개를 끄덕이며 졸기 시작했다. 잠에서 깨려 자기 뺨을 양손으로 치기도, 무릎을 두드리기도 했다. 쉬는 시간이 되면 벌컥벌컥 물을 들이켰다.

하지만 수업이 시작되면 다시 졸았다. 모범생인 태민에게서 평소에는 볼 수 없던 행동이었다.

재영이 수시로 옆자리에 앉은 태민을 깨웠다. 재영은 반 회장이면서 태민의 가장 친한 친구였다. 태민의 고개가 기울 때마다 재영이 바로 세워 주었지만 헛수고였다. 잠깐 들렸던 고개는 이내 기울어졌다. 수학 선생님은 일부러 태민을 앞으로 불러내 어려운 문제를 풀게 했다. 하지만 태민은 금세 문제를 풀고는 자리로 돌아와 다시 졸기 시작했다. 그러다 쉬는 시간이 되자 잠을 이기지 못하고 아예 책상에 엎드렸다.

'어쩌면 밤새 영화를 볼지도 몰라. 아니면 게임을 하든지.'

선우는 잠을 많이 잤다는 태민의 말을 믿을 수 없었다. 분명 말하기 어려운 이유가 있을 거라 추측했다.

4교시가 되자 과학 수업이 시작되었다. 선생님은 모니터에 자료 화면을 띄우고 생물을 분류하는 방법에 대해 알려 주었다. 생물이 나뉘는 데에는 생김새뿐만 아니라 유전자, 번식 방법 등도 기준이 된다는 이야기를 이어 갔다. 그러자 재영이 궁금하다는 얼굴로 물었다.

"선생님, 환경 오염이나 방사능 유출로 생겨난 변이 생물들은 어떻게 종을 나누나요?"

"변이 생물?"

"기존 데이터에 없는 생물의 종도 많지 않을까요?"

선생님은 머리를 긁적였다.

"글쎄, 우선 변이 생물 종이 나타났다는 건 가설이라 먼저 해당 표본을 구해야겠지? 지금은 표본이 거의 없으니 가설을 뒷받침하기가 어렵네."

선생님의 말에 재영이 물었다.

"표본이요?"

"그래 변이 종이 나타났다는 표본이 많아야지? 그래야 입증할 수 있고."

선생님은 다시 관련 수업을 이어 갔다.

"선생님, 태민이 코피가!"

한 아이가 갑자기 소리를 질렀다. 태민이 빨갛게 충혈된 눈으로 코피를 뚝뚝 떨어뜨리고 있었다. 떨고 있는 태민의 얼굴이 창백했다. 선우는 책상 서랍에 있던 휴지를 챙겨 앞자리 태민에게 건넸다. 그때 살짝 닿은 손끝이 얼음장처럼 차가워 서둘러 손을 떼었다.

"윽, 으어억."

선우의 입에서 갑자기 괴이한 소리가 흘러나왔다. 선우는 당황했지만 급히 손으로 입을 막았다. 다행히 아이들의 관심은 모두 태민에게 쏠려 있어 누구도 선우가 낸 소리에는 신경 쓰지 않았다. 태민이 휴지를 코에 갖다 대고 점차 진정하는 사이 선우는 얼른 자기 자리로 돌아왔다. 태민은 과학 선생님과 함께 보건실로 향했다.

점심시간이 되었지만 태민은 교실로 돌아오지 않았다. 몸이 많이 안 좋은 모양이었다. 태민이 일로 예민해진 건지 선우도 오늘따라 컨디션이 안 좋았다. 속이 메스껍고 어지러웠다. 급식을 먹지 않고 버텼지만 체한 듯한 기분은 계속되었다.

"아침을 잘못 먹었나?"

선우는 샐러드와 샌드위치로 간단히 아침을 먹은 터였다. 요즘 들어 입맛이 없고 소화가 되지 않았다. 오후 수업까지 버텨 보려다 소화제라도 먹는 게 도움이 될 것 같아 보건실로 향했다.

명문 사립 학교답게 보건실은 별도의 건물에 위치해 거의 병원에 가까운 시설을 갖추고 있었다. 여러 전문의들이 상주하고 있어 수술이 필요한 질병만 아니라면 의료 문제는 학교 내부에서 해결되는 시스템이었다.

보건실로 들어가니 생각보다 아이들이 많았다. 커튼이 쳐진 간이침대에도 빈자리가 몇 개 없었다. 선우는 보건 선생님에게 진료를 받은 뒤 소화제를 처방받았다. 약을 먹고 교실로 돌아가려 했지만 좀 누워 있는 게 낫지 않겠냐는 선생님의 말에 빈 침대에 누웠다. 움직일 때마다 속이 불편했지만 조금씩 나아지는 기분이 들었다.

'그런데 왜 내가 이상한 소리를 낸 거지?'

선우는 자신이 낸 이상한 소리에 대해 생각했다. 다시 생각해도 그런 소리가 날 상황은 아니었다. 갑작스럽게 벌어진 일들에 긴장해 엉뚱한 소리가 터진 걸까. 급히 입을 막았기에 다행이지 만약 누군가 들었다면 이상하게 생각했을 거다.

커튼 밖에서 보건 선생님의 걸음 소리가 들리더니 곧 건너편 침대 앞에서 멈추었다. 선우는 슬쩍 커튼을 걷어 건너편을 바라보았다. 그곳에 태민이 누워 있었다.

“어, 어!”

선우는 다시 자기 입을 막았다. 그러고는 다시 태민을 바라보았다. 수액을 맞느라 소매를 걷어 올린 태민의 팔에 초록색 피부가 군데군데 보였다. 멍든 거라고 하기에는 너무나 선명한 초록색이었다. 태민이가 왜 긴팔 옷을 입고 다녔는지 그 이유를 알 것 같았다.

“코피는 멈췄니?”

보건 선생님이 주삿바늘을 빼며 묻자 태민이 급히 옷소매를 내리며 대꾸했다.

“네, 이제 교실로 가도 괜찮을 것 같아요.”

“아니, 잠깐만.”

보건 선생님은 고개를 가로저었다. 태민의 이마에 대고 있던 체온계에서 삐빅 소리가 났다.

“체온이 너무 떨어져서 전문의를 만나고 가야 할 것 같아.”

“괜찮을 것 같은데요.”

“잠깐이면 돼. 따라와.”

태민은 미적거리다 자리에서 일어났다. 여전히 몸이 좋지 않은 모양이었다. 언제 코피를 흘렸냐는 듯 깨끗해진 얼굴이었지만 피부는 창백했고 눈빛은 날카로웠다. 햇빛을 많이 받았을 때 고양이 눈동자처럼 동공이 가늘어진 것도 같았다. 전체적으로 예민하고 거세진 인상이었다. 선생님을 따라 보건실 밖으로 나가는 태민의 걸음걸이가 약간 기우뚱해 보였다.

선우는 오후 수업을 앞두고 침대에서 일어났다. 다행히 속은 좀 나아진 것 같았다. 보건실에 퇴실 기록을 남기고 나가려는데 책상에 놓인 컴퓨터 모니터가 눈에 들어왔다. 태민의 진료 차트가 화면에 떠 있었다.

"RT 바이러스?"

선우는 고개를 갸웃했다. RT 바이러스는 전염력은 낮지만 사망률이 높은 전염병이었다. 5년 전에 유행했다가 지금은 백신이 개발되어 사라진 병이다. 그런데 태민의 진료 차트에 RT 바이러스가 떠 있다니, 선우는 의아했다. 설령 전에 걸렸다 하더라도 입학 전의 병력이고 이미 완치된 상태일 텐데 말이다.

"으억, 으허어억. 허억."

선우는 또다시 자기 입에서 나온 소리에 급히 입을 막았다. 하지만 이번엔 분명히 느꼈다. 갑자기 혀가 앞으로 쭈욱 빠지는 느낌이 들더니 의도치 않게 괴이한 소리가 흘러나왔다. 긴장하거나 놀랄 때마다 그런 건가 싶었다. 어쩌면 속이 안 좋은 증상과 함께 온 건지도 몰랐다. 주위에 아무도 없었지만 보건실 침대에 누워 있던 아이들 가운데 누가 들었으면 어떡

하지 싫어 선우는 급히 걸음을 옮겼다.

'왜 자꾸 이상한 소리가 나는 거지?'

교실로 돌아와 자리에 앉았다. 태민이 보이지 않았다. 수업 중에는 들어오지 않을까 했는데 끝날 때까지 나타나지 않았다. 의사를 만난다고 하더니 상태가 안 좋은 모양이었다.

"아까는 괜찮아 보였는데?"

태민의 책상에는 아직까지 코피 묻은 교과서가 펼쳐져 있었다. 책을 정리해 놓으려고 하는데 코피가 떨어진 자리에 적어 놓은 태민의 글씨가 눈에 띄었다.

'표본의 수가 많아야 가설이 입증된다.'

과학 선생님의 말을 옮겨 적은 모양이었다. 저 문장의 무엇이 태민에게 인상적이었던 걸까. 선우는 한참 동안 태민의 글씨를 바라보았다.

그날 오후, 선우는 수업이 끝나자마자 기숙사로 돌아와 이른 잠을 청했다. 저녁 식사도 하지 못했다. 체증이 내려가기는 했지만 몸이 힘들었던 탓에 일찍 곯아떨어졌다.

얼마나 시간이 지났을까? 선우는 잠결에 여기저기를 긁다 아픈 느낌에 잠에서 깼다.

"왜 이렇게 오래 잤지?"

이미 소등 시간이 지나 창밖으로 보이는 방 중에 불 켜진 곳은 없었다. 선우는 다시 몸을 긁었다. 평소와 달리 피부에서 유난히 각질이 많이 떨어졌다. 몸을 긁다 안 되겠다 싶어 윗옷을 벗어 버렸다. 그러고는 거울 앞으로 다가갔다.

붉어야 할 왼쪽 어깨 피부가 초록색으로 보였다. 마치 허물을 벗은 것 같았다. 순간 선우는 보건실에서 본 태민의 모습이 떠올랐다. 초록색으로 드러난 피부를 가리려 급히 옷소매를 내리던 태민이었다.

선우는 갑자기 두려워졌다. 태민처럼 선우도 RT 바이러스에 걸린 적이 있다. 하지만 완치 판정을 받은 지 5년이 넘은 터였다.

"모두 다 나았는데, 설마."

선우는 태민을 만나 피부에 나타난 증상에 관해 물어봐야겠다고 생각했다. 지금 나타나는 증상이 RT 바이러스와 관련이 있는 것인지 말이다.

"지금 시간이?"

시계를 보니 어느새 자정이 지나고 있었다.

"오늘은 웃음소리가 안 나네."

선우는 태민의 방 쪽으로 귀를 기울였다. 아무런 소리가 들리지 않았다.

"치료는 잘 받고 왔나?"

어제까지는 웃음소리가 들려 불안했는데, 오늘은 아무 소리도 나지 않으니 오히려 이상했다. 그때 복도에서 인기척이 들렸다.

선우의 방문 앞에 누군가 서 있었다. 문을 열자 214호를 쓰는 재영이었다. 선우와 눈이 마주치자 놀란 표정을 하더니 황급히 자기 방으로 들어가 버렸다.

"재영이가 무슨 일이지?"

선우는 느닷없는 재영의 행동에 기분이 좋지 않았다.

다음 날, 교실에 도착한 선우는 자리에 앉아 왼쪽 어깨를 만졌다. 옷을 벗으면 눈에 쉽게 띌 정도로 어젯밤보다 각질이 더 떨어져 나간 상태였다. 초록색 피부가 흉측했다. 선우는 보건실로 가기 전에 태민을 만나고 싶었다. 태민이 앓고 있는 증상이 자신에게도 나타나는 게 분명했다. 하지만 수업이 시작되었는데도 태민은 나타나지 않았다.

수업이 끝난 뒤 선우는 재영의 뒤를 따라갔다. 태민에게 직접 찾아갈 수도 있지만 재영에게 묻는 것이 먼저인 듯했다. 태민과 친하니 오늘 왜 안 왔는지 재영은 그 이유를 알 거였다.

"재영아."

선우는 복도에서 아이들과 얘기를 나누는 재영을 불러 세웠다.

"태민이 오늘 왜 수업에 안 왔어? 아직도 몸이 안 좋대?"

"어제 못 들었어?"

재영이 눈을 껌벅이며 되물었다. 주위에 있던 아이들도 모르냐는 얼굴이었다.

"왜? 어제 무슨 일 있었어?"

"너, 어제 기숙사 일찍 들어갔지?"

선우는 고개를 끄덕였다.

"그래서 모르는구나. 태민이 자퇴했대."

재영이 뜬금없는 말을 했다.

"자퇴?"

"그래, 학교 그만뒀다고."

"갑자기?"

"몸이 아프다더니 그렇게 됐나 봐."

재영은 그리 관심 없다는 듯이 대답했다.

"그건 그렇고 선우야."

재영이 불쑥 선우에게 가까이 다가오더니 진지한 말투로 물었다.

"너, 혹시 잘 때…… 가위눌려?"

"아니, 왜?"

재영이 고개를 갸웃했다.

"가끔 자정 넘은 새벽에 네 방에서…… 아니다."

재영이 함께 있던 아이들과 교실 밖으로 나가 버렸다. 그 모습을 보는데 온몸에 오소소 소름이 돋았다. 선우는 어제 재영이 자기 방문 앞에 서 있던 이유를 알 수 있을 것 같았다.

"혹, 혹시 내가?"

선우는 보건실로 가던 걸음을 돌려 도서관으로 향했다. 가는 길에 생각보다 긴팔 교복을 입고 있는 아이들이 눈에 많이 띄었다. 얼마 전부터 자퇴를 하는 아이들이 제법 생겼다. 유학을 간다는 아이도 있었고 부모님이 직장을 옮겨 이사를 간다는 아이도 있었다. 하지만 태민에게서 유학이나 이사 얘기를 들은 적은 없었다. 무엇보다 어제 태민은 보건실에서 교실로 가려고 했다.

선우는 도서관 정보실에 도착한 뒤에 컴퓨터 앞에 서서 RT 바이러스에 대해 검색했다. RT 바이러스는 'Reptile Transition Virus' 약자로 파충류로부터 변이가 일어나 전해진 바이러스였다. 그런데 언제부터인가 재양성 사례가 보고되었다. 전염성은 없지만 5~6% 정도의 감염자 중에서 재양성이 나타난다고 했다.

재양성 증상에 관한 논문에서는 T가 'Transformation'으로 바뀌어 있었다. '전이'라는 의미가 '변형'으로 바뀐 것이다.

"혹시 RT 바이러스에 잠복기가 있던 걸까? 내가 완치된 게 아니었어?"

'표본의 수가 많아야 가설이 입증되는 것.'

태민의 노트에 쓰인 글귀가 머리를 스쳤다.

"혹시 태민이와 내가 표본?"

선우는 태민이 자퇴한 게 아닐지도 모르겠다는 생각이 들었다.

'학교에서 태민을 어딘가로 보낸 거라면?'

"으허억, 으흐, 으흐흐."

또다시 선우의 입에서 괴성이 흘러나왔다. 선우는 자기도 모르게 새어 나오는 소리를 막기 위해 두 손으로 입을 막고 주위를 둘러보았다. 여기저기 감시카메라가 눈에 들어왔다. 학교에 감시카메라가 있는 건 알았지만 유난히 많아진 느낌이었다.

"도대체 여기는 어디인 거지? 학교가, 학교가 아니야?"

선우는 태민과 자신이 RT 바이러스 재양성 사례를 보여 주는 표본일 거라는 확신이 섰다. 기존 바이러스로부터는 완치되었지만 새로운 증상을 나타내는…….

"가설을 입증할 표본!"

선우는 숨이 멎는 듯했다.

만약 그렇다면, 이 학교에 RT 바이러스 감염자들을 모아 놓은 사람들은…… 대체 어떤 가설을 입증하고 싶은 것일까?

유진의 계정

잠을 자기 전 휴대 전화를 충전기에 꽂는데 갑자기 손끝이 찌릿했다. 정전기가 일어난 모양이었다. 괜히 서늘한 느낌이 들어 휴대 전화에 이상이 생겼나 살펴보았다. 별다른 문제는 없었다. SNS 앱을 열었다. 살펴보니 비공개였던 내 계정이 또 공개로 바뀌어 있다. 계정 프로필에 올린 내 사진과 '유진'이라는 이름은 그대로였다.

누굴까? 누가 내 SNS 계정을 해킹하는 걸까? 계속 휴대 전화를 들고 있어 다른 사람이 만졌을 리도 없다. 외부에서 접속한 게 틀림없다. 어제 SNS 보안센터에 신고하고 비밀번호도 복잡하게 바꿨는데 하루 만에 다시 해킹을 당한 거다.

저는 지금 파커 거리에 있습니다. 저를 찾아 주세요!

어제 올라왔던 글과 같은 글이 피드에 남겨져 있다. 그와 함께 벽돌 건물 안에서 찍은 셀카 사진도 올라왔다. 사진 속 아이는 나와 똑같은 얼굴에 무척이나 겁먹은 표정이었다.

'어떻게 내 사진을?'

내 피드를 본 아이들이 농담 삼아 실없는 댓글을 잔뜩 달아 놓았다. 장난이 심하다는 댓글과 관심이 필요하냐는 댓글이 많았다.

"누가 이런 짓을 한 걸까?"

주변 사람인 게 분명했다. 내 얼굴을 몰래 사진 찍어 머리 스타일을 바꾸고 벽돌 건물 배경에 합성한 게 분명했다. 어제 올라온 사진도 마찬가지였다. 그저 내 얼굴을 한 누군가의 모습일 뿐이었다. 내가 이 일을 주위에 얘기하자 사진을 본 아이들은 합성 같지 않다고 했다. 그러기에는 너무 정교하고 자연스럽지 않냐고. 아이들 말투에 내 자작극이 아니냐는 뉘앙스가 느껴졌다. 계정을 해킹당한 것도 억울한데 나를 거짓말하는 사람으로 몰아세우는 아이들에게 서운한 마음마저 들었다.

"부모님한테 말해 볼까?"

방문을 열고 거실을 내다보았다. 아빠가 소파에 앉아 진지한 얼굴로 텔레비전 뉴스를 보고 있었다.

…… IT 기업의 기술 유출 사례를 본보기로 지적 재산권 및 산업 스파이에 대한 처벌을 강화하기로 하였습니다. 다음 뉴스입니다. 국립전파과학원은 지난 28일 오전 2시 '3단계 태양 흑점 폭발 현상'이 발생했다고 밝혔습니다. 지난 25일에 이어 3일 동안 폭발이 이어져……

때마침 산업 스파이 뉴스가 지나갔다. 내가 SNS 계정을 만든 것도 모르는데 해킹을 당했다는 얘기부터 꺼내면 아빠가 어떤 반응을 보일까 걱정이 됐다. 어쩌면 계정 설정부터 비밀번호 관리에 대한 얘기까지 한참 잔소리를 들어야 할지도 모른다. 아니면 위험한 일에 휘말렸다며 바로 SNS를 탈퇴시키고 경찰에 신고할 수도 있다.

나는 방문을 닫고 들어와 얼른 계정을 비공개로 바꾸어 놓았다. 해커가 올린 사진도 삭제했다. 다시 보안센터에 해킹 신고를 하려다 잠시 미루고 글을 남겼다.

누군데 남의 계정에 들어와 글을 남기나요? 제 사진까지 합성해서.

보안센터에 신고했으니 곧 당신이 누군지 알 수 있을 거예요.

해커가 제일 먼저 글을 봤으면 싶었다. 지금은 지웠지만 기존에 있던 내 사진들을 해커가 봤을 생각을 하니 내 속을 다 드러내 보인 기분이었다. 누군지 빨리 찾아내고 싶었다.

"어, 분명히 지웠는데."

잠깐 사이 지워 놓은 사진이 다시 올라와 있었다. 게다가 사진 밑에 새로운 글까지 추가된 것을 보자 꼭 귀신에 홀린 기분이었다.

방금 글 남기신 분은 어디에 머물고 있나요?

내 계정에 누군가 함께 접속해 있다. 해커였다. 해커가 다시 글을 남긴 거다. 나는 깜짝 놀라 휴대 전화를 방바닥으로 떨어뜨렸다.

'나보고 어디 있냐고?'

휴대 전화를 줍는데 조금씩 손이 떨렸다.

사이버 공간이지만 마치 해커를 직접 마주친 것처럼 섬찟한 기분이 들었다. 어떻게 내 계정에 이토록 당당히 글을 남길 수 있지? 나를 놀리는 건가?

나는 용기 내 휴대 전화 화면을 켰다. 그사이 글이 하나 더 올라와 있었다.

저는 지금 파커 성당에 있습니다.

내가 사는 곳이 파커 거리였다. 성당은 버스를 타고 세 정거장 정도 떨어진 거리에 있다.

대체 누군데 남의 계정을 해킹해 글을 남기는 거죠?

네? 저는 지금 제 계정에 글을 남기고 있습니다.

"뭐, 자기 계정이라고?"

살펴보니 잠깐 사이 계정은 다시 공개로 전환되었다. 온몸에 소름이 돋았다.

때마침 계정 보안센터에서 메일이 왔다. 메일을 확인하면 해커에 대한 정보를 알 수 있을 거라 생각했는데 뜻밖의 내용이 적혀 있었다. 내 계정에 접속한 기록이 내 것밖에 없다는 것이었다. 확인되지 않은 로그인 기록은 전혀 없다고 했다.

"말도 안 돼!"

내 집 안에 도둑이 들어왔는데 발자국조차 보이지 않는다는 얘기였다. 그사이 동영상이 새로 올라왔다.

내가 올리지는 않았지만 내 피드에 영상이 떴다. 해커는 정말 무서운 게 없는 모양이다. 계정 주인이 멀쩡히 지켜보는데 영상까지 올린다고?

"그래, 누군지 찾아야겠어."

먼저 영상을 확인하고 다시 보안센터에 신고해야겠다 싶었다. 그 영상이야말로 해커가 내 계정에 들어왔다는 확실한 증거일 테니까.

영상을 재생하자 어두운 화면이 나타났다. 화질이 그리 좋지는 않았다. 누군가 전등 밑으로 이동하자 한 남자아이의 얼굴이 드러났다.

"제 이름은 유진입니다. ……누군지 모르겠지만 이 동영상을 ……본다면 저를 구하러 와 주세요. ……저는 파커 성당에서 밖으로 나가지 못하고 있습니다."

"누, 누구지?"

영상을 보니 마음이 떨렸다. 영상 속 아이는 나와 너무도 비슷했다. 이름도 같고 목소리와 얼굴도 거의 똑같았다.

'혹시 내가 쌍둥이인 건가?'

언젠가 SNS로 다른 나라에 입양 갔던 형제나 자매를 찾았다는 얘기를 들은 기억이 났다.

"내가 그런 경우인 거야?"

아니, 아닐 거다. 내가 태어났을 때 병원에서 찍은 사진과 백일 날 친척들과 찍은 사진이 그대로 남아 있는데, 부모님이 나를 속였을 리 없다.

'그럼 우연히 나랑 닮은 사람인 건가? 어떻게 내 계정에 들어온 거지?'

혼란스러운 와중에 많은 생각이 머릿속을 스쳐 지나갔다. 나는 다시 영상을 되돌려 보았다. "저를 구하러 와 주세요."라고 말하는 목소리가 절실하게 느껴졌다. 그러고 보니 반복해서 올라오는 메시지 내용도 모두 자길 찾아 달라는 거였다.

저기, 왜 성당 밖으로 나오지 못하나요?

나는 피드에 댓글을 달았다. 물론 내가 나한테 말이다. 어찌됐든 간에 상황을 파악해야 했다.

아, 제 영상을 확인했군요. 다행입니다!

대답해 주세요. 왜 성당에 갇힌 거죠?

몰라서 묻는 겁니까? 밖은 오염됐잖아요!

밖이 오염됐다고? 무슨 말인지 머릿속이 복잡해졌다.

저는 지금 이틀째 성당에 갇혀 있습니다.
가능하다면 저를 구하러 와 주세요!

댓글을 보고 있자니 해커의 장난에 놀아나는 기분이 들었다. 댓글이 더 올라오면 이번엔 경찰에 신고를 할 작정이었다. 댓글 내용과 동영상을 캡처했다. 마음이 급하니 손이 떨렸다.

해커의 말에 대꾸할 대답도 여러 가지로 생각해 놓았다. 긴장감에 심장이 불안정하게 뛰었다. 손끝이 화면을 스치자 잠시 찌릿했다.

"진정해, 진정해."

마음을 가라앉히고 다음 댓글을 기다리고 있는데 해커의 글이 더 올라오지 않았다. 막상 상대가 잠잠해지니 조금은 맥이 빠졌다.

나는 지금까지 올라온 글들을 다 지워 버리고 해커가 다시 들어올 수 없도록 계정의 비밀번호를 정말이지 복잡하게 바꾸었다. 그리고 비공개 상태로 전환했다.

침대에 누우려다 슬쩍 방문을 열어 보았다. 텔레비전은 꺼져 있고 아빠의 모습은 보이지 않았다. 혹시 또 글이 올라오면 그때는 부모님께 도움을 구해야 할지도 모르겠다.

주말 동안 내 계정에는 아무 글도 올라오지 않았다. 하지만 지워 버린 영상과 성당에 갇혀 있다는 해커의 메시지들이 계속해서 머릿속을 맴돌았다. 그 때문이었는지 월요일 하굣길에 내 발걸음은 집이 아닌 성당 쪽으로 향했다.

"영상은 지우지 말 걸 그랬나?"

해커라면 내 정보를 빼내 엉뚱한 일을 벌이거나 비밀스럽게 움직여야 했다. 그런데 상대는 계속 도움을 구했다. 나에게서 무엇을 얻어 내려고 했던 걸까? 그렇다면 좀 더 협박이 될 만한 요구를 해야 했던 게 아닐까? 영상에 나왔던 나와 닮은 얼굴이 무척이나 신경 쓰였다. 사진만 봤을 때는 합성이라고 쉽게 판단했지만 움직이는 모습은 그렇게 여겨지지 않았다.

"만약 그 아이가 진짜 성당에 갇힌 거면 어떻게 하지?"

왠지 마음이 불편했다.

'혹시 모르잖아. 실수로 갇혔을지도.'

나는 성당 정문을 지나 마당에 들어섰다. 오래된 플라타너스 나무들이 고풍스러웠다. 곳곳에 자리 잡고 있는 단풍나무도 보기 좋았다. 주변을 서성이다 안으로 걸음을 옮겼다. 혹시 사람이 갇혀 있을 만한 곳이 있는지 살펴보았다. 하지만 특별히 그럴 만한 곳으로 여겨지는 장소는 없었다.

정원을 지나 석조 건물의 예배당 안으로 들어갔다. 스테인드글라스를 통해 햇빛이 화사하게 들어왔다. 사람은 아무도 보이지 않았다.

"누구 있나요?"

내 목소리만 성당에 울려 퍼졌다. 괜히 머쓱했다. 나는 휴대전화로 예배당 내부를 촬영했다. 그리고 밖으로 나와 해 질 녘 정원에서 대화를 나누는 수녀님들의 모습도 담았다. 성당의 오후는 너무나도 고즈넉하고 평안해 보였다.

집으로 가려다 행여나 하는 마음에 수녀님들 쪽으로 걸음을 옮겼다.

"저기요, 혹시 저 닮은 남자아이 못 보셨나요?"

"너 닮은 아이?"

"네, 이름은 유진이라고 하는 아이인데요. 저보다 머리카락은 좀 더 길고요."

"글쎄 처음 들어 보는데."

"아, 네."

"아니면 교육관에 한번 가 볼래? 간혹 아이들이 오는 경우가 있어서."

수녀님이 손으로 교육관을 가리켰다. 조금은 오래된 것 같은 빨간 벽돌 건물이었다. 그러고 보니 해커의 사진에서 봤던 배경도 빨간 벽돌이었다. 나는 서둘러 걸음을 옮겼다. 그리고 교육관 안으로 들어갔다. 작은 강당처럼 곳곳에 테이블 여러 개와 의자, 책장이 놓여 있었다. 해커가 올린 동영상을 정확하게 보지는 못했지만 창문이 아치형이었다는 기억이 났다.

"누가 숨을 공간은 없는데."

나는 교육관 안의 모습도 휴대 전화로 촬영했다. 그리고 내가 찍은 영상들을 짧게 편집해 SNS 계정에 올리고 글까지 덧붙인 뒤에 집으로 돌아왔다.

이곳은 파커 성당이에요. 수녀님들께 물었는데 아무도 유진을 모르네요.

당신이 정말 갇혀 있다면 구하러 갈게요.

하지만 아니라면 다시는 이런 짓 하지 마세요!

그날 저녁, 부모님과 식사를 하는데 문득 내가 무슨 짓을 한 건가 싶었다. 바보 같은 행동이었다.

'내가 내 계정에 그런 글을 올리다니. 그것도 해커의 장난에 놀아나서.'

얼굴이 달아오르는 것 같았다.

…… 이번 폭발을 일으킨 흑점이 태양의 우측 가장자리에 위치해 있습니다. 흑점 폭발과 함께 방출되는 태양 입자와 코로나 물질에 따른 태양 입자 유입 및 지구 자기장 교란 등의 후속 영향으로 이어질 가능성도 있습니다…….

뉴스에서는 며칠째 태양의 흑점 폭발에 관한 소식을 내보내고 있었다. IT 회사에 다니는 아빠는 밥을 먹으면서도 계속 뉴스에 관심을 보였다. 아빠의 눈길이 거실 텔레비전에 가 있는 사이 나는 해커와의 대화를 캡처한 사진을 꺼냈다. 아빠에게 해커 얘기를 할까 말까 고민이 되었다.

"아빠, 아빠도 SNS 해?"

나는 조심스럽게 이야기를 꺼냈다.

"왜? 너도 하려고?"

아빠의 대답에 나도 모르게 고개를 가로저었다.

"넌 좀 더 커서 해. 개인 정보가 너무 많이 노출돼서 곤란한 일이 생길 수도 있어. 아빠 회사 동료들만 봐도 문제가 많더라."

나는 휴대 전화 화면을 꺼 버렸다.

"참 지난주 금요일 밤에 파커 성당 교육관에서 학생들 대상으로 천문학 강좌가 있었다던데."

아빠가 이제야 생각났다는 듯 말했다.

"천문학?"

"응, 너 신청해 주려고 했는데 놓쳤어."

나는 식사를 마치고 방으로 들어왔다. 아빠에게서 성당 얘기를 들으니 기분이 이상했다. 캡처한 사진을 다시 꺼내 봤다. 지금 보니 해커와 나눈 대화가 나 혼자 쓴 것처럼 보였다. 동영상을 캡처한 사진도 그냥 내 얼굴을 찍어 놓은 것 같았다. 그때는 해커에 대한 확실한 증거가 될 수 있을 것 같았는데 다시 보니 자작극으로 오해받기 딱 좋았다.

휴대 전화를 책상에 놓으려는데 손에서 다시 가벼운 정전기가 일었다.

"어, 또."

혹시나 해서 SNS에 들어가 보았다. 계정은 여전히 비공개였지만 해커의 글이 올라와 있었다.

혹시 글을 남긴 분 이름도 유진입니까?

네. 해킹했으니 다 알고 있었던 것 아닌가요?

내가 댓글을 올리자 기다렸다는 듯 바로 답글이 달렸다.

아니요. 전 그쪽 계정을 해킹하지 않았습니다.

그럼 어떻게 제 계정에 들어와 글을 남기는 거죠?

이 계정은 제 계정입니다.

당황스러웠다. 해커가 이제는 억지까지 부리고 있었다.

무슨 말이죠?

우리가 계정을 공유하고 있었네요.

왜 자꾸 이해가 안 되는 말을 하는 거죠?

이해가 안 되기는 저도 마찬가지입니다. 저는 도움이 필요해 글을 남겼는데 그쪽이 계속 제 글을 지우는 겁니다. 비밀번호를 바꿨지만 소용이 없었어요.

네? 그쪽도 비밀번호를 바꿨다고요?

계정을 같이 쓰는 게 말이 되나요?

아마…… 우리가 다른 세상에 사는 같은 사람이기 때문일 겁니다.

파커 성당 밖이 오염됐다는 얘기부터 계속 알 수 없는 말만 하는군요.
제가 올린 영상 못 봤나요?

네 봤습니다. 그래서 이제 모든 걸 알았습니다.
그쪽한테 도와 달라는 말을 하기 어려워졌다는 것도요.

그게 무슨 말인가요?

그쪽에서 올린 영상은 이곳과 똑같은 모습이지만 상황이 다릅니다.
얼마 전 태양의 흑점이 폭발하면서 일시적으로 지구 자기장이 흔들렸고, 그 결과 우주 방사능이 대기권 안으로 덮쳤어요. 그래서 며칠째 밖으로 나갈 수 없는 상황이에요!

계정에 사진이 여러 장 올라왔다. 내가 살고 있는 거리의 모습이었다. 건물과 상점은 그대로인데 어딘지 거리 분위기가 달랐다. 수십 마리의 비둘기가 피를 흘린 채 바닥에 떨어져 있고 전자 장치가 고장 난 차들이 충돌한 채 도로에 방치되어 있었다. 나를 놀리려고 일부러 합성한 사진은 아닌 것 같았다.

그런데 당신은 왜 성당에 있는 거죠?

저는 천문학 강좌에 참여했다가 이곳에 남겨졌습니다.
밖으로 나간 사람들은 어찌 됐는지 모르겠어요.
가족들과도 연락이 안 됩니다.

말도 안 돼!

이틀 만에 대답한 사람이 그쪽입니다!
어떻게 우리가 계정 속 세상을 공유하게 됐는지 모르겠어요.
어쩌면 이것도 태양의 흑점 폭발 때문일 것 같습니다.

"흑점 폭발?"

그쪽 세상은 괜찮은 건가요?
나는 다시 도움을 구해야 해요. 아직 연락이 없지만 계속해 볼 겁니다.
저에게는 목숨이 걸린 일입니다. 누군가는 나를 도우러 오겠지요.

다시 휴대 전화에서 정전기가 일었다.
"연락이 또 끊기는 건가? 아직, 안 되는데."

그쪽 세상이라니요?

목숨이 걸린 일이라니요?

저기요, 글 좀 남겨 봐요!

나는 계속해서 물었지만 상대는 대답이 없었다.

"뭐지? 우리가 SNS로 세상을 공유했던 거라고?"

나는 유진이라는 아이와 더 얘기하고 싶었다. 휴대 전화를 옷으로 문질렀다. 어떻게 하면 다시 정전기가 일어날까 싶었다. 하지만 상대의 글은 더 이상 올라오지 않았다.

"태양? 흑점 폭발?"

나는 인터넷 검색창에 여러 단어를 쳐 보았다.

수일이나 지속된 흑점 폭발 영향력이 지구 자기장 교란에 따른 단파 통신 장애 등에 문제를 일으켰지만 이제 영향력이 종료되고 있다는 최근 기사가 눈에 들어왔다.

'이제 더는 유진이라는 아이와 연락할 수 없게 된 걸까?'

나는 이대로 있을 수가 없었다. 거실에 앉아 있는 아빠에게로 다가갔다.

"아빠, 지구 자기장에 문제가 생기면 우주 방사능이 지구를 덮칠 수도 있어?"

"왜 갑자기 그런 걸 물어봐?"

아빠는 다소 당황한 눈빛으로 말했다.

"그, 그럼 아빠 태양 흑점 폭발은? 지구에는 언제까지 영향력이 있는 건데? 아직 끝난 거 아니지?"

내가 계속 묻자 아빠의 표정도 진지해졌다.

"이번에 일어난 흑점 폭발 말하는 거지? 글쎄, 아직 영향력이 남아 있을 수도 있겠지……."

"만약 방사능이 지구를 덮치면 어떻게 해야 해? 누구한테 도움을 구해야 해? 구하러 갈 수는 있어?"

"기다려 봐. 정확하게 알아볼게."

아빠가 컴퓨터로 정보를 찾는 동안 나는 서둘러 SNS 계정을 공개로 바꾸었다.

"정말, 유진이 다른 세상에 사는 나라면……."

계정에 아직 그 아이의 흔적이 남아 있다. 내가 너를 찾아 주려면 어떻게 해야 하지? 우리가 세상을 공유할 수 있다면 다른 누군가와도 연락할 수 있는 거 아닐까?

갑자기 마음이 급해졌다.

"제발 또 다른 세상의 나를 찾아!"

패러데이 상자

언제부턴가 화면 속의 나를 만나는 게 익숙하다. 오랜 시간 화상 수업을 받다 보니 무뚝뚝한 내 얼굴을 보는 것도 자연스럽다. 하지만 작은 모니터 앞에서 수업을 듣는 건 여전히 쉽지 않다. 꼼짝하지 않고 한자리에 머물러 있어야 하는 것, 오랜 시간 나를 작은 화면 안에서 이탈하지 않도록 가두는 것은 어려운 일이다.

시간이 지날수록 반 아이들의 얼굴도 무표정해졌다. 하루하루 아이들이 어떤 기분으로 책상 앞에 앉아 있는 건지 모르겠다. 피부색도 모니터로 봐서인지 허옇게 보인다. 아니 어쩌면 오랫동안 햇볕을 쬐지 않아 색이 바뀐 것일 수도 있다. 신종 감염병이 물러나기도 전에 변종 감염병이 나타나고, 미세먼지로 대기오염도 심해져 통제되지 않는 날이 많아지다 보니 교육부에서는 현장 수업과 화상 수업을 각 가정에서 자율 선택하게 했다. 결과적으로는 아이들이 대부분 화상 수업을 선택해 학교에선 오랜 기간 비대면 수업을 진행하는 중이었다.

"그나저나 선생님은 왜 수업을 안 하는 거지?"

꾸역꾸역 바게트를 먹고 있던 화면 속 민규가 지루한 표정으로 입을 열었다.

"화면이 꺼진 걸 보니 혹시 다른 일을 하고 계신 건 아닐까? 연결은 다른 사람이 대신해 준 거고."

민규를 시작으로 두세 명의 아이들이 선생님 뒷담화를 시작했다.

"선생님 요즘 아주 바쁜가 봐. 늘 정신없는 것 같아."

"짜증도 많이 내지 않냐?"

아이들의 대화 사이로 지지직 잡음이 끼어들었다. 그러더니 곧 선생님 목소리가 흘러나왔다.

"얘들아, 선생님 다 듣고 있다. 지금 사정이 있어서 휴대 전화로 연결했어. 문제가 해결되면 화면을 켤 테니 그때까지만 자율 학습 하고 있어."

선생님을 흉보던 아이들이 놀라 입을 다물었다. 민규도 쉴 새 없이 바게트를 뜯어 입으로 집어넣던 손을 멈추었다. 잠자코 지켜보던 아이들은 고개를 돌리고 피식피식 웃었다. 나도 소리 죽여 키득거렸다.

"선생님, 전자와 양전자가 만나면 빛만 남고 다 사라진다면

서요."

민규가 입에 남은 빵을 삼키고는 투덜거렸다.

"지금 그 얘기를 왜 하는 거야?"

"선생님과 저희도 전자와 양전자 같은 관계인 것 같아요. 너무 자주 만나면 저희도 사라지지 않을까요?"

민규의 말에 아이들이 흥미롭다는 반응을 보였다.

"민규야, 전자와 양전자가 만나 사라져도 빛은 남는다고 했지. 그 빛이 감마선이야. 두꺼운 벽도 통과하는 고에너지를 가진 방사선이 되는 거니까 오히려 좋은 게 아닐까?"

선생님은 긴장한 목소리였지만 차분하고 낮게 말했다.

"정말요? 그럼 감마선은 패러데이 상자도 통과하나요?"

민규는 또다시 며칠 전에 배운 패러데이 상자 얘기를 꺼냈다. 패러데이 상자는 전기력이나 전자기파가 침투할 수 없어 그 안에 휴대 전화나 태블릿을 넣으면 외부에서 해킹도 불가능하다고 했다. 민규는 교과서에 나온 내용은 잘 잊어버리면서 흥미롭게 들은 얘기들은 기억했다가 필요할 때 곧잘 써먹는다.

"패러데이 상자?"

"네, 감마선도 패러데이 상자는 통과 못 하죠?"

"아니, 통과할 수 있어."

선생님은 바쁜 일이 있는 듯 흘려 말했다.

"못 할 것 같은데."

민규는 입을 삐죽였다.

"그냥 우리도 화면 끄면 안 돼요?"

"안 돼. 그럼 너희가 뭘 하는지 알 수가 없잖아."

선생님은 물러서지 않았다.

"저희가 뭘 하는지 왜 다 알고 싶어 하세요?"

민규가 억울하다는 얼굴로 다시 대꾸했다.

"수업 시간이니까 그렇지. 화면 끄면 결석 처리한다."

선생님의 말에 민규는 "쳇." 하고는 화면 대신 마이크를 꺼 버렸다. 그러자 다른 아이들도 아쉽다는 얼굴로 마이크를 껐다. 모니터 화면 속 분위기는 다시 차분해졌다. 또다시 따분한 시간이 이어졌다.

나는 멍하니 앉아 화면 속 아이들 뒤로 보이는 방을 살펴보았다.

'민규가 축구를 좋아했나?'

민규 모습 뒤로 축구 선수 브로마이드가 보였다. 지금은 은퇴한 선수였다. 민규가 어린 시절 축구를 했던 건 알았지만 지금까지 관심이 있는 줄은 몰랐다. 근래에는 축구 얘기를 한 번도 꺼낸 적이 없다.

'예전에는 엄청 말썽꾸러기였는데.'

그러고 보니 민규와 나는 초등학교 때부터 지금까지 세 번이나 같은 반이었다. 어렸을 때는 내가 좋다고 엄청나게 따라다녔는데 지금은 세상 모든 게 불만인 얼굴로 내게 눈길조차 안 준다.

'작년? 아니 재작년이었나?'

아마도 사귀자는 제안을 거절했을 때부터였던 것 같다. 그때 이후로 두 개의 전자가 거리의 제곱에 반비례하는 힘으로 서로를 밀어내는 것처럼 민규는 나를 밀쳐 내고 있다. 아마도 그 전기력에 늦게 온 사춘기까지 더해 시너지 현상을 일으키고 있는 게 분명하다.

평소 수다쟁이인 연서는 새초롬하게 앉아 앞만 보고 있다. 방 벽지에는 커다란 세계 지도와 열기구 그림이 그려져 있다. 언젠가 어린애들 방 같아 하얀색 벽지로 도배했다고 말했는데…… 지금 보니 그대로다.

야, 쟤 너무 귀엽지 않냐?

연서의 메시지가 모니터 화면 귀퉁이에 떠올랐다. 내가 자기를 보고 있던 걸 알았을까 싶어 뜨끔했지만 차분하게 답 메시지를 보냈다.

누가 귀여운데?

제하.

제하가 왜?

종이접기 하고 있잖아ㅋㅋ 그것도 꽃이야.

화면을 들여다보니 제하가 종이로 무언가를 접고 있었다. 연서 말처럼 종이꽃인 모양이다.

제하는 아기자기한 거 좋아하나 봐.

그럴 수도.

ㅋㅋ

메시지 속에서 연서는 웃고 있지만 화면 속 얼굴은 무덤덤했다. 자기 감정을 다른 아이들에게 드러내기는 싫은 모양이다.

제하는 한동안 더 종이접기에 몰두했다. 학교에서는 말이 없고 조용한 아이라 투박해 보였는데 막상 그렇지 않은 듯했다. 섬세하고 꼼꼼하게 장미꽃을 접어 완성하고는 새 종이를 집어 들었다. 그리고 무언가를 접으려고 머뭇대더니 종이 표면을 손으로 쓸어내렸다. 종이의 질감을 느껴 보려는 것 같았다. 종이 옆면에 얼굴을 문질러 보기도 했다. 그러다 아랫입술을 살짝 물어뜯었다. 무언가 만족스럽지 않아 보였다.

잠깐 사이 제하는 종이를 세워 들더니 날카로운 면을 새끼손가락에 대고는 스치듯 그었다. 순간 제하의 새끼손가락에서 피가 배어났다.

"헉."

나는 놀라 입을 막았다. 하지만 정작 당사자인 제하는 통증을 느끼지 못하는지 무표정한 얼굴이었다.

"뭐야, 감각이 없는 거야?"

내가 얼떨떨해 있는 사이 연서가 다시 메시지를 보냈다.

너도 좀 귀엽다.

내가?

그 머리띠 말이야.

머리띠?

무슨 말을 하는 건가 싶었다. 나는 머리띠를 하고 있지 않았다.

아, 아니야. 참, 그 얘기는 들었니?

나는 덤덤한 표정의 제하가 신경 쓰여 머리띠 얘기에 더 관심을 두지 않았다.

무슨 얘기?

지유네 엄마가 얼마 전부터 아프대.

화면 맨 아래 보이는 지유는 책만 내려다보고 있다. 아이들이 딴짓을 하는 동안에도 계속 필기를 했다. 지유 손에 쥐어진 연필이 빠르게 움직였다. 무슨 과목을 공부하는 걸까. 물리 시간이지만 다른 공부를 하는 게 분명하다.

"영어 단어를 외우나?"

손동작이 짧게 짧게 끊어지며 아래로 내려가는 걸 보니 수학 문제를 푸는 모양이다. 아니, 어쩌면 물리 계산 문제를 푸는 걸 수도 있다. 저렇게 문제를 풀어 대면 연필이 며칠 못 가 닳아 없어질 거다.

지유네 엄마가 왜?

잘은 모르겠어. 어쨌든 자기 엄마 기운 내라고 더 열심히 공부하는 거래.

공부 잘하면 엄마가 기운 나나? 그냥 엄마 옆에 더 있어 주면 안 되나?

화면 속 연서는 답 메시지를 보내는 대신 어깨를 으쓱했다. 한동안 아이들은 조용했다. 민규는 다시 바게트를 먹었고 제하는 새 종이를 집어 손으로 꾹꾹 눌러 가며 무언가를 접기 시작했다. 지유는 여전히 문제 풀기에 열중이었다.

하지만 지루한 분위기는 곧 깨졌다. 화면 안으로 갑자기 새로운 참여자가 들어왔다. 물리 선생님과 스물다섯 명의 학생들 모두 화면에 접속해 있어 더 이상 들어올 사람은 없었다. 돌연히 나타난 사람의 닉네임은 'J'였고 화면은 켜지 않은 상태였다.

"선생님, 엉뚱한 사람이 저희 반 수업에 들어왔어요."

민규가 카메라 가까이에 얼굴을 대고 말했다. 하지만 선생님은 대꾸하지 않았다. 우리에게는 자리를 지키고 있으라더니 정작 본인은 다른 일에 바쁜 모양이다.

"선생님, 안 들리세요?"

"모르는 사람이 수업에 들어왔다고요!"

아이들이 하나둘 마이크를 켜고 선생님을 찾는 사이 어린아이 목소리가 들렸다.

"엄마, 엄마!"

J의 목소리 같았다.

"뭐야, 어린애가 들어온 거잖아?"

"여자애야, 남자애야?"

"왜 여기서 엄마를 찾아?"

"어떻게 우리 반 수업에 들어온 거지?"

화면 속 분위기가 소란스러워지자 민규가 분위기를 살피더니 먹다 만 바게트를 흔들며 근엄한 얼굴로 말했다.

"꼬맹아, 누군지 모르겠지만 잘못 들어왔으니 우리 수업에서 나가라."

민규의 말에 J는 화면에서 나가기는커녕 다시 큰 소리로 말했다.

"엄마, 엄마 어디에 있어요?"

제하는 종이를 접던 손을 멈추고 고개를 들었다. 지유도 책에서 눈을 떼고 궁금한 표정을 지었다.

"엄마, 나 여기 있어!"

아이의 목소리에서 긴장감이 느껴졌다. 장난을 치는 느낌은 아니었다.

"꼬맹이 소리가 마이크에서 좀 떨어져 있는 것 같지 않아?

거리를 두고 내는 소리 같은데."

"근데 어떻게 우리 반 화상 수업에 참여한 거지?"

아이들이 하나둘 스피커를 켜고 이야기를 나누기 시작했다.

"너희들 소문 들었어?"

민규가 두 손을 뺨에 대더니 낮은 목소리로 말했다.

"뭐?"

"우리 학교에 귀신이 있다는 소문."

민규의 말에 몇 아이들이 고개를 끄덕였다.

"방송실 귀신 얘기하는 거지?"

연서의 말이 시작이었다.

"과학실에 있는 인골 표본이 진짜 사람 뼈라는 얘기는 들은 적이 있어."

"학교 터가 예전 공동묘지였다던데."

아이들이 여기저기서 들은 황당한 소문들을 꺼내 놓았다.

"혹시 좀 전에 난 목소리 말이야. 진짜 귀신 소리 아닐까?"

민규의 물음에 연서가 입을 삐죽이며 대꾸했다.

"무슨 얘기야. 귀신이 어떻게 온라인으로 들어오냐?"

"귀신이니까 그렇지?"

대부분의 아이들은 말도 안 된다며 고개를 가로저었지만, 귀신 얘기에 조금은 놀란 표정의 아이들도 있었다.

"그럼 엄마 찾는 꼬마 귀신인 거야?"

한 아이가 카메라에 얼굴을 가까이 대고 말했다. 그러자 갑자기 모니터 화면이 지지직거렸다.

"어, 컴퓨터 화면이 왜 이래?"

아이들이 웅성거렸다. 점점 서로가 무슨 말을 하는지 잘 들리지가 않았다.

"얘들아, 나 컴퓨터가 이상한데."

"너희들도 그러냐? 나는 화면이 흔들려."

"혹시 꼬맹이가 진짜 귀신 아니야?"

"오, 무섭다. 괜히."

연서가 가슴에 두 손을 포개며 말했다. 잠시 뒤 모니터 화면과 스피커 상태가 언제 그랬냐는 듯 다시 좋아졌다. 마치 라디오 주파수가 잘못되었다 돌아온 느낌이었다. 하지만 화면 속 J는 그대로였다. 반 아이들이 계속 이런저런 질문들을 던졌지만 J는 아무런 반응도, 대꾸도 없었다.

아이들은 선생님이 해결할 거라 생각했는지 아니면 각자 떠드는 게 머쓱했는지 하나둘 관심을 거두고는 자기 할 일을 하기 시작했다. 하지만 나는 J의 화면에서 시선을 거두기 어려웠다. 어쩐지 아이의 목소리를 들어 본 적이 있는 것 같았다.

그사이 지유가 문제를 풀던 손놀림을 멈추었다. 이제 좀 쉬려나 했더니 고개를 들어 앞을 바라보았다. 마치 헛것을 본 사람처럼 한동안 어딘가를 노려보며 손을 내저었다. 그러다 화들짝 놀라더니 다시 고개를 숙이고 필기를 했다.

지유가 왜 저런 행동을 하는 건가 싶었다. 전에는 저렇게 예측 불가능한 행동을 한 적이 없었다. 활달하고 말도 잘하던 아이였는데 얼마 전부터 피로한 얼굴로 나타나서는 멍한 표정으로 허공을 응시하기를 반복했다.

'나만 지유가 이상하다고 느끼는 건가?'

언제부턴가 다른 사람의 행동을 이해하는 게 어려워졌다. 화면으로 수업을 하는 날이 길어지면서 사람들과 실제로 만났을 때 왜 손가락을 까딱이고 미간을 찌푸리는지, 상대가 하는 행동의 이유를 알기 어려웠다. 심지어 어느 정도의 거리를 두고 이야기를 나누어야 하는지 몰라 어색하게 서 있기 일쑤였다.

사람의 행동이나 반응도 수학이나 과학 공식처럼 주어진 환경에 적용해 알 수 있으면 얼마나 좋을까. 상황에 따라 그에 맞는 반응을 대입하고 개인의 성향과 주관적 견해까지 파악해야 하니 상대가 직접 말로 표현하지 않으면 무슨 생각을 하는지 정확히 알기 어렵다.

그나저나 우리 언제쯤 다시 만나서 같이 공부할 수 있을까? ^^

연서가 웃는 이모티콘과 함께 다시 메시지를 보냈다. 나는 의아한 마음이 들었다. 연서의 말에 담긴 진심은 어느 정도인 걸까.

넌 진짜 우리가 만나면 좋겠어?

뭐?

학교에서 같이 공부하면 좋겠냐고?

나는 사실 반 친구들을 만나는 게 두렵다. 너무 오랫동안 사람들을 드문드문 만나 온 탓에 아이들을 만나면 전처럼 자연스럽게 대화하고 반응할 수 없을 것 같다.

개학식 이후 딱 한 번 반 아이들을 만났다. 겨울을 지나고 몇 달 만에 만난 연서는 내가 알고 있던 연서가 아니었다. 반가운 마음에 어깨에 손을 올리자 불쾌한 표정을 감추지 못했다. 내 손을 벌레 보듯이 쳐다보더니 이내 한 걸음 물러섰다. 마치 세균에 감염된 손이 자기 몸에 닿아 놀란 것처럼 말이다. 연서의 몸에 손을 대는 것이 나쁜 행동이었던 걸까?

만약 화상 수업 중에 불편한 일이 생겼다면 쉽게 피할 수 있었을 텐데 교실에서는 그럴 수가 없었다. 불편한 상황을 계속 가까이하고 있으려니 친구들과 점점 멀어지는 기분이 들었다. 다시 비슷한 상황이 생긴다면 어떻게 행동하는 게 좋을까. 생각만 해도 얼굴이 화끈거린다. 나는 지금처럼 화면으로 아이들을 만나는 게 더 편하다.

그럼 내가 거짓말이라도 한다는 거야?

화면 속 연서는 여전히 아무렇지도 않은 얼굴이었지만 메시지에는 불쾌한 감정이 느껴졌다.

그게 아니라 어쨌든 지금 화상으로 만나고 있으니까.

그러니까 내가 마음에 없는 말을 한다는 거잖아.

그게 아니라…….

그만 얘기하자.

역시나 기분이 나쁜 모양이었다. 연서의 눈동자는 허공을 향하는 듯 보였지만 그 시선 끝에는 내가 있지 않을까 괜히 신경이 쓰였다. 이럴 때 나는 어떤 표정을 지어야 할까. 나를 보는 아이들은 지금 내 기분을 알아챌 수 있을까?

화면에 있는 아이들 모두 패러데이 상자 안에 갇힌 것 같았다. 전자기파 대신 서로의 감정으로부터 차단된 방이었다. 우리는 하나의 화면 안에 존재하고 있지만 교류할 수 없었다. 서로의 감정을 이해하지 못하고 공감하지도 못했다.

"그나저나 남의 반 수업에 들어와 계속 안 나가는 건 뭐지?"

제하가 마이크를 켜더니 신경 쓰인다는 얼굴로 말했다. 그러자 민규가 바게트를 입에 물고는 대꾸했다.

"내가 말했잖아. 귀신이라고."

"민규, 너는 왜 맨날 장난이냐?"

탓하는 듯한 제하의 말에 민규의 얼굴에서 장난기가 사라졌다.

"아니, 장난 좀 치면 안 돼?"

"네가 쓸데없는 말을 하니까 별 게 다 신경 쓰이잖아."

민규의 표정이 불편해 보였지만 제하는 계속 말을 이었다.

"그리고 그 빵 좀 그만 먹으면 안 돼? 지금 수업 시간인데?"

나도 민규가 스피커를 켠 이후 계속 들리던 바게트 씹는 소리가 신경 쓰이던 터였다.

"자식, 이제 먹는 것 가지고 기분 나쁘게 하네. 먹어도 먹어도 배가 고픈데 어떻게 하냐?"

"뭐라고?"

"그러는 너는 왜 계속 종이를 접는 거냐? 수업 시간에."

민규의 말에 제하의 얼굴이 붉으락푸르락했다.

"남이야 종이를 접든 말든 네가 무슨 상관인데? 내가 너한테 피해 준 거 있어?"

제하가 두 주먹을 책상 위로 내리치며 말했다. 학교에서 봤을 때와는 다른 모습이었다. 제하에게 저런 모습이 있는지 처음 알았다.

"그럼 너는 내가 빵을 먹든 말든 뭔 상관이야?"

화를 내는 민규의 입에서 빵 부스러기가 튀어나왔다.

"에잇, 더러운 자식."

제하는 다시는 안 볼 것처럼 거친 욕을 내뱉기 시작했고 민규도 그런 제하를 비난하기 시작했다. 아이들 사이에 "너희들 왜 그래?" "그만 좀 해." "싸우지 말라고." 등의 말들이 오갔지만 두 아이는 말다툼을 그만두지 못했다.

연서도 싸움을 말리는 글을 대화창에 올렸다. 계속 글을 올리는데도 아무도 관심을 갖지 않자 물음표가 달린 여러 형태의 이모티콘을 연달아 올리기 시작했다. 나는 화면 안에서 벌어지는 상황에 정신이 없었다. 반 아이들의 행동이 이해되지 않았다.

"얘들아!"

침묵하고 있던 지유가 참기 힘들다는 듯 소리쳤다. 그러더니 무겁게 입을 열었다.

"저기…… 얘들아."

날카로운 지유의 목소리에 분위기를 환기하는 힘이 있었다. 아이들 시선이 화면 속 지유에게로 향했다.

"왜?"

"뭔데?"

아이들의 물음에 지유는 고개를 한쪽으로 기울이며 말했다.

"이상하지 않아?"

지유의 눈빛이 흐렸다.

"어떤 게 이상한데?"

민규가 물었다.

"저 아이는 우리를 못 보는 걸까?"

지유의 목소리가 떨렸다. 아마도 J라는 아이를 말하는 모양이었다.

"왜 우리에게 아무 말도 하지 않는 걸까?"

지유의 물음에 아이들이 다시 웅성거리기 시작했다.

"그러니까. 우리 말을 듣지 못하는 건가?"

"야, 그런 얘기 자꾸 하지 마라. 또 귀신 나온다."

민규가 다시 귀신 얘기를 꺼냈다. 그러자 갑자기 모니터 화면이 흔들렸다. 기다렸던 것처럼 다시 꼬맹이의 목소리가 들렸다.

"엄마! 엄마!"

나는 소름이 끼쳤다. 화면에 있던 아이들 얼굴이 모두 일그러졌다. 아이는 아까보다 더 큰 목소리로 엄마를 찾았다.

"엄마, 어디 있는 거야?"

"얘 도대체 누구야?"

"야, 너 누구야. 진짜 귀신이야?"

"갑자기 우리 수업에 들어와서 왜 그러는 거야?"

치이익, 치이이익.

다시 화면이 흔들렸다. 그러더니 점점 더 소음이 커졌다. 아이들은 마우스를 움직여 보거나 컴퓨터를 살펴보았다.

"선생님은 도대체 뭐 하시는 거야."

"선생님, 선생님. 거기 안 계세요?"

아이들은 술렁거리기 시작했다. 그제야 선생님의 떨리는 목소리가 들렸다.

"얘들아."

"네, 선생님!"

아이들은 반가움과 두려움이 뒤섞인 목소리로 대답했다.

"저기 얘들아."

"네, 선생님, 말씀하세요."

"내가 길을 잃었어."

"네? 뭐라구요?"

"길을 찾을 수가 없어."

"그게 무슨 말이에요?"

뜬금없는 선생님의 얘기에 아이들은 질문을 이어 갔지만 선생님의 목소리는 더 이상 들리지 않았다. 곧 선생님 이름만 떠 있던 검은 화면이 모니터에서 완전히 사라졌다.

일순간 아이들 얼굴이 하나둘 경직되기 시작했다. 그러더니 모니터 화면이 차례차례 꺼졌다.

"얘들아. 인터넷에 문제가 있나 봐."

내가 마이크를 켜고 큰 소리로 말했다. 하지만 아무도 대꾸하지 않았다. 나는 다시 한번 마이크를 확인하고 아이들을 불렀다. 하지만 아무도 내 말에 대꾸하지 않았다.

"얘들아!"

누구도 내 목소리에 귀 기울이지 않았다.

"연서야, 지유야!"

아이들의 이름을 하나씩 불렀지만 달라지는 건 없었다. 곧 연서와 지유의 얼굴도 화면에서 사라졌다. J의 화면도.

사이트 연결 오류.

인터넷 접속 지연.

갑자기 명령어가 차례로 들렸다. 명령어들이 하나씩 인식될 때마다 몸 안의 기운이 몸 밖으로 빠져나가는 느낌이 났다.

네트워크 연결 차단.

tracert ip_address를 입력하시오.

시스템 자동 진단…….

이내 컴퓨터 화면은 다운되어 암흑으로 바뀌었다. 잠시 멍했다. 마치 내가 컴퓨터의 어느 저장 공간 속에 갇힌 느낌이었다.

"컴퓨터에 문제가 생긴 건가?"

나는 컴퓨터 전원을 눌러 댔다. 하지만 화면은 다시 켜지지 않았다.

"엄마, 엄마!"

문밖을 향해 엄마를 불렀다.

"엄마, 컴퓨터가 이상해."

아무런 대꾸도 들리지 않았다.

"왜 대답을 안 하는 거야?"

나는 자리에서 일어났다. 고개를 드는데 갑자기 내 방이 낯설게 느껴졌다. 그러고 보니 내가 언제 이 방에 들어왔는지, 언제부터 컴퓨터 앞에 앉아 있었는지가 생각나지 않았다.

기억을 더듬었다. 어느 때부턴가 방문을 두드리던 노크 소리도, 밥 먹으라는 엄마의 목소리도 들리지 않았다. 언제 배가 고팠는지조차 떠오르지 않았다.

"저 방문을 열어 본 게 언제지?"

나는 의자에서 일어나려다 책상에 있던 머그컵을 떨어뜨

렸다. 내 발등에 떨어진 머그컵은 쿵 소리를 내며 두 동강이 났다.

"어?"

이상했다. 머그컵이 깨질 정도로 세게 떨어졌는데도 발이 전혀 아프지 않았다.

"엄마!"

나는 방문 앞으로 가 손잡이를 꽉 잡았다.

"엄마, 머그컵이 깨졌어."

방문 손잡이를 힘주어 돌렸다. 손잡이가 헛돌았다. 문이 열리지 않았다. 주먹으로 세게 문을 두드렸다. 있는 힘껏 쳤는데도 손이 아프지 않았다.

"밖에 아무도 없어요?"

다시 힘을 주어 두 손으로 문손잡이를 당겼다. 그러자 끼이익 소리와 함께 간신히 문이 열렸다.

"아, 열렸어!"

안도감도 잠시였다. 나는 밖으로 나갈 수가 없었다. 열린 문 뒤는 벽으로 막혀 있었다. 언제부터 내가 이런 구조물 속에서 지내고 있던 걸까. 시선을 돌려 창 쪽을 바라봤다. 커튼 사이로 푸른빛 하늘이 넘실거렸다.

'그래, 창이 있었지!'

나는 창문으로 향했다. 커튼을 젖히고 손을 내밀자 허공이 아닌 벽이 닿았다. 푸른빛이 나오는 대형 모니터였다.

'왜 창을 모니터가 막고 있는 거지?'

다시 주위를 둘러보았다. 책상 의자 뒤로 벽에 걸린 사진이 눈에 들어왔다. 하트 모양 장식이 달린 머리띠를 한 여자아이가 사진 안에 있다. 어릴 적 놀이공원에 갔을 때 내 모습이었다.

"예전에 치운 사진인데."

마치 과거의 내 방으로 돌아온 것 같았다. 연서가 머리띠 얘기를 꺼냈던 게 이 사진 때문이었나 싶었다.

놀이공원에 갔던 날, 나는 잠시 수많은 사람들에 휩쓸려 엄마를 잃어버렸다. 그때 처음으로 혼자 될지도 모른다는 공포와 두려움을 경험했다.

'맞아, 놀이 기구를 타러 가다 엄마 손을 놓쳤어.'

아까 엄마를 찾던 아이의 목소리가 다시 귀에 들리는 듯했다. 갑자기 몸이 떨렸다. 당시 엄마를 찾아다니던 절박함이 온몸으로 기억나기 시작했다.

'혹시, 아까 엄마를 찾던 아이의 소리가……?'

점점 겁이 났다. 그러다 불현듯 한 가지 사실이 떠올랐다.

그래, 내 이름이 제이였다. 혹시 모니터 속 아이가 과거의 나인 걸까……?

"여긴 어디지? 왜 내가 여기 갇혀 있는 거야?"

정말로 세상으로부터 차단된 상자에 갇힌 것 같았다. 과거의 공간에 현재의 내가 머물고 있다. 감각이 살아 있는 어릴

적 공간에, 감각이 사라진 지금의 내가 존재하고 있다.

"얘들아, 나 좀 도와줘!"

다급한 마음에 나는 컴퓨터 앞으로 가 소리쳤다.

"여보세요. 거기 아무도 없나요? 얘들아, 혹시 내 목소리 들려?"

나는 힘껏 소리쳤지만, 모니터 건너편에서는 여전히 아무런 반응도 없었다.

"나는 얼마나 오랫동안 여기에 있었던 걸까?"

머리가 멍해졌다. 순간 연서와 메시지를 나누고 민규와 제하의 말다툼을 지켜보던 방금 전의 일들이 아주 오래전 일처럼 아득하게 여겨졌다.

"꿈을 꾼 걸까?"

먹어도 먹어도 줄지 않았던 민규의 바게트, 접어도 접어도 늘지 않았던 제하의 종이꽃, 생각해 보니 계속해서 문제를 풀던 지유의 연필도 늘 비슷한 크기였다.

"아니야, 꿈이 아니었어."

분명히 나는 계속 이 자리에 있었다.

"생각해 봐. 생각해야 해."

출구를 찾아야 했다. 방 이곳저곳을 돌아다니며 나갈 방법을 찾았다. 사라진 감각을 찾으면 출구도 찾을 수 있을까 싶었다. 그러다 선생님이 모니터 화면에서 지워지기 전 남긴 말이 스치듯 떠올랐다.

"나도 잃어버린 걸까? 밖으로 나갈 길을?"

데스타이머

기차역 광장에 있던 사람들의 분위기가 오늘따라 무거웠다. 여행이나 만남을 위해 목적지를 찾아가는 사람들 같아 보이지 않았다. 하나둘 사람들이 모인 자리마다 심각한 분위기가 감돌았다. 일부 사람들은 휴대 전화나 스마트워치에서 눈을 떼지 못했다.

2박 3일간 진행되는 별자리 캠프에 가기 위해 태우를 기다리던 유림과 세정은 낯선 분위기에 연신 주위를 둘러보았다.

“오늘 무슨 일 있나 봐?”

“그런가? 특별한 얘기 못 들었는데.”

아이들이 궁금해하는 사이 태우가 버스에서 내려 뛰어왔다.

“얘들아, 얘기 들었어?”

태우가 숨을 헐떡이며 오더니 손목에 차고 있던 스마트워치를 내밀었다. 화면에 '4년 2개월 21일'이라는 글자가 보였다. 데스타이머 앱에 뜬 태우의 남은 예측 수명이었다.

"뭐야? 열다섯 살밖에 안 됐는데 앞으로 4년밖에 못 산다는 거야?"

유림이 묻자 태우가 상기된 얼굴로 대꾸했다.

"응, 지난밤 사이 사람들의 데스타이머가 대부분 바뀌었대."

"그게 무슨 얘기야?"

세정은 뜬금없다는 얼굴이었다.

"너희한테 내 데스타이머, 그러니까 예측 수명 말해 줬었지?"

태우의 말에 아이들이 고개를 끄덕였다.

"아흔한 살이던 내 예측 수명이 하룻밤 만에 열아홉 살로 바뀌었어."

"그렇게나 많이 줄었다고?"

유림은 말도 안 된다는 듯 헛웃음을 터트렸다.

"나도 확인해 볼까?"

유림과 달리 세정은 진지한 얼굴로 스마트워치를 확인했다. 데스타이머를 켜니 예측 수명이 '3년 7개월'로 나타났다. 태우보다 짧은 시간이었다.

"뭐야? 나는 3년 정도 남았잖아. 원래 여든세 살이었는데."

세정이 당황한 얼굴로 말했다.

"그것 봐, 너도 바뀌었지?"

태우가 확인하듯 묻는 사이 세정이 워치 화면에 뜬 알림 글을 읽었다.

"기차역이나 공항 주변에서 벗어나 사람이 붐비지 않는 곳으로 이동하라는데."

세정은 이해가 안 간다는 듯 고개를 가로저으며 말했다.

"도대체 어떤 데이터베이스가 바뀌어서 이런 알람이 뜬 걸까?"

태우는 확인하듯 다시 알림 글을 뒤졌다. 하지만 자세한 내용은 찾을 수 없었다.

데스타이머는 개인의 유전 정보나 병원 검진 내용을 기반으로 수명을 계산하는 앱이었다. 전염병이나 환경 정보까지 자동 반영되어 특정 지역에 오랜 기간 산불이 나거나 정치 상황이 불안정해지면 그 지역 사람들의 예측 수명 역시 줄어들었다.

얼마 전부터는 세계 각지에서 일어나는 시위와 마약 거래 현황까지 적용하는 업그레이드 버전이 제공된 터였다. 그런 데스타이머를 신뢰하는 사람도 있지만 불신하는 사람도 많았다. 갑작스러운 사고는 예측할 수 없으며 다양한 환경적 변수 또한 모두 반영할 수 없기 때문이다. 하지만 여전히 많은 사람들이 데스타이머에 나타난 숫자에 민감하게 반응했다.

"데스타이머 전체가 바뀐 거라면 앱 서버에 문제가 생긴 건 아닐까?"

유림의 물음에 세정과 태우는 아무 대꾸도 못 했다. 아이들이 긴장하자 데스타이머가 불규칙하게 빨라진 심박수를 반영했는지 숫자가 일 분씩 줄어들었다. 아이들은 시선을 멀리하고 숨을 차분하게 들이마셨다가 내쉬었다. 그러자 데스타이머 숫자가 멈추었다.

"우리 이제 출발해야 해."

유림이 기차역 시계탑을 올려다보며 말했다. 별자리 캠프로 가려면 지금 역으로 들어가야 했다.

"기차는 탈 거야? 안 탈 거야?"

태우와 세정이 서로를 바라보았다. 기차 출발 시간이 얼마 남지 않은 것을 확인하고 당황해했다.

"잠깐만, 집에 전화해 보고."

태우와 세정은 서로 눈치를 보다 각자 흩어져 집으로 전화를 걸었다. 그 모습을 본 유림은 고개를 가로저었다. 운세처럼 여겨야 할 데스타이머에 너무 의존하는 거 아닌가 싶었다. 많은 정보를 담은 앱이기는 하지만 어차피 확률이 적용되는 프로그램이었다.

"우선 다녀오래. 그사이 엄마도 무슨 일인지 알아본다고."

태우의 말에 세정도 전화를 끊고 와서는 고개를 끄덕였다.

"우리 부모님도."

"그럼 얼른 가자. 늦겠다."

유림이 앞서 걸었다.

기차역으로 들어가니 데스타이머 얘기를 나누며 표를 환불 받는 사람들이 여럿 보였다. 한 무리의 등산객들이 볼멘소리를 하며 기차역 출구 방향으로 향하는 게 보였다. 유림은 발길을 돌리는 사람들이 이해되지 않았다.

"그나저나 10월인데 왜 이렇게 덥냐."

태우가 외투를 벗자 반소매 옷이 드러났다. 그 모습을 본 세정도 입고 있던 카디건을 벗고 이마에 흐르는 땀을 닦았다.

"갈수록 여름이 길어지는 것 같아."

"그러니까."

유림은 내리쬐는 햇살을 손으로 가리며 바로 별자리 캠프로 향하는 다숲행 기차에 올라탔다.

아이들이 마주 보고 앉은 지 얼마 되지 않아 기차는 경적을 울리며 서서히 움직였다. 그러다 곧 속력을 내 마을을 벗어났다. 점점 한적한 시골 풍경으로 창밖 모습이 변했다. 가을 논은 이미 추수가 끝나 황량했다. 예전 같으면 알곡이 익어 갈 시기였지만 따뜻해진 날씨에 매해 추수 시기가 빨라지고 있었다.

평온해 보이는 풍경과 달리 기차 안은 팽팽한 긴장감이 맴돌았다. 승객의 반 이상이 스마트워치나 휴대 전화를 쳐다보고 있었다.

"너희들, 이것 봐 봐."

태우가 마주 앉은 세정과 유림에게 또다시 스마트워치를

내밀었다.

"데스타이머가 늘어나고 있어."

"마을에서 멀어져서 그런 걸까?"

세정이 아랫입술을 물었다 떼고는 말했다.

"글쎄, 태풍이나 지진 같은 재해는 아니겠지?"

아이들의 대화를 듣고 있던 유림은 한숨을 내쉬었다.

"너희들, 지금 너무 진지한 것 같아."

"뭐가?"

"데스타이머에 너무 예민하게 반응하는 거 아니냐고. 어떻게 아흔한 살이던 예측 수명이 하루아침에 열아홉 살이 될 수 있어?"

"그런가?"

"없던 질병이 모두에게 생긴 것도 아니고. 사람마다 줄어든 차이가 나는 것도 이상해. 규칙도 없고 제멋대로잖아."

유림의 말에 아이들은 고개를 끄덕였다.

"앱 서버에 문제가 생긴 거라면 곧 원래대로 돌아올 거야."

태우와 세정은 각자 스마트워치를 들여다보며 대꾸했다.

"그랬으면 좋겠다."

시간이 지날수록 데스타이머의 예측 수명은 하루 이틀 늘어나고 있었다. 하지만 원래의 수명으로 되돌리기에는 턱없이 부족했다. 아이들은 의기소침한 얼굴로 흔들리는 기차에 기대어 창밖을 내다보았다.

그즈음 기차가 한 역에 멈춰 섰다. 각 차량의 문이 열리고 일부 사람들이 내리자 시원한 공기가 밀려들어 왔다. 아이들은 숨통이 트이는 것 같았다. 그제야 크게 숨을 들이마셨다 내쉬었다. 유림은 고개를 들고 주위를 돌아보았다. 몇몇 사람들은 여전히 불안한 얼굴이었다. 자신에게 보이지 않는 위험이 다가올까 싶어 촉각을 곤두세우고 있었다. 그러다 기차 문이 닫히기 직전 한 아주머니가 양손에 여행용 가방과 커피가 담긴 종이컵을 들고 기차에 올랐다. 서서히 기차가 출발하자 몸을 비틀거렸다.

"조심하세요, 아주머니!"

출입구 앞에 앉아 있던 아저씨가 소리를 질렀다.

"네?"

아주머니는 이유를 몰라 얼떨떨한 얼굴이었다.

"손에 뜨거운 커피 들고 있잖아요. 잘못하다가는 제가 화상을 입을 수도 있다고요."

"아, 죄송합니다."

아주머니가 민망해하며 자리를 벗어났다.

"어떻게 저런 위험한 행동을……."

아주머니가 다른 칸으로 가 버린 뒤에도 아저씨는 한참을 더 투덜댔다. 몇몇 다른 사람들도 아주머니가 위험해 보였다며 뒷말을 해 댔다.

"사람들, 너무하네."

유림이 혼잣말처럼 중얼거렸다.

기차가 곡선 구간을 지나며 덜컹거리자 사람들의 관심사가 바뀌었다. 여기저기서 기차가 탈선할 가능성에 대해 말하기 시작했다. 한여름에 선로가 늘어져 기차가 멈춘 얘기부터 태풍으로 인한 산사태로 운행이 중단된 얘기까지 여러 가지 위험 요소들이 사람들 입에 오르내렸다. 누군가는 지나가는 철도 승무원을 붙잡고 기차 점검 일자를 물었다. 수시로 점검한다는 대답에도 그는 그걸 어떻게 확인하느냐고 따졌다. 한참 소란이 이어지자 한 할머니가 소음 스트레스로 자신의 데스타이머가 줄고 있다고 소리쳤다. 그러자 기차 안은 금세 조용해졌다.

"한 달 전쯤 북극 지역 사람들의 데스타이머가 먼저 영향을 받았다고 하네."

휴대 전화로 뉴스를 검색하던 세정이 말했다.

"그쪽에서 생긴 문제가 여기까지 오게 된 건 아니겠지?"

"여기서 북극은 너무 멀잖아."

태우가 고개를 갸웃하며 대꾸했다.

"멀기는 한데 아까 공항이나 기차역 주변을 피하라는 알람의 이유일 수도 있잖아."

"혹시 북극의 영향을 다른 나라까지 받았다는 거야?"

태우의 물음에 세정은 고개를 끄덕였다. 눈을 감고 의자에 기대어 있던 유림은 어느새 허리를 세우고 앉아 태우와 세정의 대화에 귀 기울였다.

"북극 다음으로는 공항이나 선박이 드나드는 항구 도시 쪽 사람들의 데스타이머가 먼저 반응했대."

"그럼 자료가 있을 텐데. 뭐가 북극과 관련이 있는 건지."

아이들은 다시 휴대 전화로 눈길을 돌렸다. 시간이 지나니 데스타이머 관련 기사가 제법 많이 올라와 있었다. 사람들의 관심이 커서인지 기사마다 추측성 댓글들로 가득했다. 미래정보부에서는 세계에서 반영되는 어떤 정보를 AI가 업데이트한 건지 얘기해 주지 못했다.

유림의 얼굴이 조금씩 어두워졌다. 잠시 고민하는 듯하더니 휴대 전화를 만지작거렸다.

"나도 데스타이머 앱 설치해 볼까?"

유림의 말에 태우가 뜻밖이라는 얼굴로 되물었다.

"너도 걱정돼?"

유림이 조심스럽게 고개를 끄덕였다. 아까 당당했던 모습과는 달리 얼굴에서 초조함이 묻어났다.

"앱 설치하는 거 쉬워, 내가 도와줄게."

옆자리에 앉아 있던 세정이 유림에게 가까이 갔다. 잠깐 사이 프로그램이 설치되었다. 하지만 프로그램을 활성화하기 위해서는 입력해야 할 정보들이 많았다. 1단계 등록부터 유림은 한숨을 내쉬었다. 나이, 성별부터 흡연, 음주, 마약까지 묻는 내용이 다양했다.

"왜 이렇게 질문이 많아?"

유림은 정보를 입력하는 게 쉽지 않은지 이내 투덜거렸다. 그러다 2단계 질문들을 보고는 황당하다는 얼굴이었다.

"뭐야, 학교 성적도 입력해야 해?"

유림의 물음에 세정은 고개를 끄덕였다.

"대충은. 희망 직업도 물어."

개인의 가치관이나 바람, 부모님의 직업 분야까지 여러 질문이 이어졌다. 마지막 3단계에서는 태어나서부터 거주했던 지역 정보를 담은 생애 위치 정보를 승인해야 했다.

"너희들도 이렇게 복잡하게 했어? 생애 위치 정보까지 공유해야 하다니."

유림이 긴장한 얼굴로 물었다.

"어른들은 건강 검진 정보도 공유해."

태우가 별거 아니라는 듯 대꾸했다. 하지만 유림의 표정은 풀리지 않았다. 그러자 세정이 안심하라는 듯 말했다.

"너무 구체적인 정보까지는 공유되지 않을 거야."

어느새 태우와 세정의 눈길은 유림의 손목에 가 있었다.

유림은 머뭇거리다 마지막 승인 버튼을 눌렀다. 얼마 지나지 않아 앱이 실행되었다. 잠시 로딩이 이어지더니 데스타이머 입력 결과가 떠올랐다.

"어! 뭐야?"

유림의 손목을 보고 있던 태우가 자기도 모르게 소리를 질렀다. 세정도 놀란 얼굴이었다. 유림의 데스타이머에는 'D-day, 1일'이라는 문구가 떠 있었다. 남은 수명이 딱 1일이었다. 유림은 당황했는지 '헉' 하고 짧은 숨을 내뱉었다.

"뭐야? 유림이가 내일이라도 죽을 수 있다는 거야?"

세정이 말해 놓고는 실수했다는 듯 입을 막았다. 그사이 기차는 어두운 터널로 들어갔다. 터널을 지나는 동안 아이들의 얼굴에는 긴장감이 맴돌았다.

"네 말처럼 앱에 문제가 생긴 게 맞는 것 같아."

태우가 유림의 눈치를 살피며 말했다.

"뭐가?"

"데스타이머 데이터베이스에 이상이 있는 게 분명해. 그렇지 않으면 네 수명이 하루 남았다는 게 말이 돼?"

태우의 말에도 유림의 얼굴은 좀처럼 풀리지 않았다.

"혹시, 입력에 실수가 있었던 게 아닐까?"

세정이 고개를 갸웃하며 물었다. 하지만 유림이 "아니, 정확하게 입력했어."라고 대답했다.

"어쩌면, 정보 공유 과정에 오류가 있을 수도 있어."

유림은 더 대답하지 않았다. 침묵이 이어졌다. 모두 더 이상의 대화는 도움이 되지 않는다는 걸 알았다. 기차는 곧 터널 밖으로 빠져나왔다. 아이들은 창으로 고개를 돌렸다. 이제 마을이나 논밭의 모습은 사라지고 나무와 숲, 계곡의 모습이 이어졌다. 10월인데도 여전히 녹음이 푸르렀다.

드디어 세 시간의 여정을 마치고 기차가 목적지에 도착했다. 사람들은 대부분 전 역에서 내리고 캠프에 참여하는 아이들만 남았다. 아이들은 하나둘 가방을 챙겼다. 짐이 적은 유림이 앞서 출구로 향했다. 그 뒤를 따라가던 세정이 잠시 멈춰 서더니 조심스럽게 태우에게 귓속말을 했다.

"너 그거 알아?"

"뭐?"

"유림이 러시아에서 몇 년 살다가 온 거?"

"그래? 근데 그게 왜?"

"아까 데스타이머가 제일 먼저 반응한 지역이 북극이라고 했잖아."

태우가 무슨 말인지 잘 모르겠다는 듯 고개를 갸웃했다.

"그런데?"

"북극은 러시아 땅이야."

"아, 그렇네."

태우는 걱정스러운 얼굴로 앞서 플랫폼으로 향하는 유림을 바라보았다.

다숲역 앞 광장에는 캠프 버스가 기다리고 있었다. 아이들이 하나둘 버스로 올라탔다. 50명이어야 할 참여자들이 27명으로 줄어 버스 안의 분위기는 차분했다. 프로그램 인솔자는 개인 사정으로 참여자들이 빠진 거라고 했지만, 아이들은 데스타이머 때문이라는 걸 이미 알고 있었다.

버스는 곧 캠프로 출발했다. 과거 탄광촌이었던 이곳은 여기저기에 석탄 저장소로 활용했던 건물이나 시설들의 흔적이 남아 있었다. 이런 곳에 또 다른 위험이 도사리고 있는 건 아닌지 다들 의심 어린 눈길로 창밖을 내다보았다. 손목을 만지작거리던 태우가 다시 데스타이머를 확인했다.

"오, 예측 수명이 더 늘어났어."

태우의 말에 세정이 자기 데스타이머를 확인했다.

"나도, 그것도 3년이나."

버스 여기저기서 데스타이머를 확인하는 목소리가 들려왔다. 대부분 시간이 3년에서 5년 이상 늘어났다는 얘기들이 오갔다. 아이들의 표정은 기차에서보다 한결 밝아졌고 금세 이런저런 수다가 오갔다.

"그럼 데스타이머는 머무는 지역에 따라 달라지는 건가?"

"글쎄. 어쨌든 여러 정보의 영향을 받는 거겠지."

"아니면 오류가 바로 잡혀 가는 건 아닐까?"

한 아이가 흥분한 듯 높은 어조로 말했다.

"유림아, 너도 확인해 봐."

태우의 말에 유림은 망설였다. 잠시 후 아이들이 다른 얘기를 시작하자 유림은 남들 모르게 데스타이머를 실행했다.

'D-day, 1일.'

유림은 급히 스마트워치를 꺼 버렸다.

캠프 기지에 도착하자 어느새 날이 저물어 있었다. 붉은 노을을 등지고 아이들은 숙소로 들어갔다. 짐을 풀고 나와 저녁을 먹은 뒤 소강당으로 향했다. 그곳에서 별자리 강연이 시작되었다.

한 대학의 천문학 강사가 나와 별자리부터 최근 발견된 소행성까지 흥미로운 얘기들을 이어 갔다. 우주에 대한 관심으로 캠프에 참가한 만큼 아이들은 강사의 얘기에 무척이나 집중했다.

"몇 년 전 노다지 소행성 '16사이키'가 발견되었습니다. 미국의 민간 우주 탐사 연구 기관인 사우스웨스트연구소에서 허블 우주 망원경으로 해당 소행성의 자외선 파장을 분석한 결과 태양풍에 의한 산화 작용을 발견했고, 이를 근거로 소행성이 광물 덩어리라는 결론을 내렸죠."

강당 화면에 광물 소행성 '16사이키'가 떠올랐다.

"이 광물의 가치가 얼마나 될까요?"

강사의 얘기에 아이들은 금액을 가늠해 보려는 듯 골똘한 표정을 지었다.

"무려 우리 돈 113해가 넘어요."

강사의 설명에 강연장 아이들이 '와' 하고 함성을 질렀다. 그러더니 내일이라도 당장 광물을 캐러 갈 것처럼 흥분해 떠들어 댔다. 유림은 별로 와닿지 않는 엄청난 금액에 열광하는 아이들이 이상하게 느껴졌다. 자신의 머릿속에는 온통 데스타이머 생각뿐이었다.

'만약 정말 내일 죽는 거라면 어떡하지? 아무리 프로그램이 잘못됐다고 해도…….'

유림은 강연 내내 휴대 전화로 데스타이머 관련 기사들을 찾아보았다. 데스타이머에 대해 신뢰할 만한가 그렇지 않은가에 대한 논쟁이 이어지고 있었다. AI가 어떤 정보를 반영한 것인지에 대한 논란들도 많았다. 그러다 유림은 자신이 2년간 살았던 모스크바 지역에 원인 모를 질병으로 입원한 사람들이 많아졌다는 기사를 보게 됐다. 마음이 편하지 않았다.

"유림아, 어디 아파?"

세정이 하얗게 변한 유림의 얼굴을 바라보며 물었다.

"아, 아니."

유림은 아무렇지 않은 척 강사에게로 시선을 돌렸다. 강사는 화성과 목성 사이에 있는 소행성 사진을 화면에 띄웠다.

"만약 광물이 있는 소행성에 얼음도 있다면 그 가치는 무한대로 커집니다. 얼음에서는 산소와 물까지 얻을 수 있으니까요. 그런 소행성을 찾는다면 아마 우주 개발의 전초 기지가 될 수 있을 거예요. 다만 그곳에 우주 바이러스나 박테리아는 없어야겠죠?"

강사는 마치 그런 소행성을 찾을 수 있을 거라고 굳게 확신하는 눈빛이었다.

"왜 바이러스나 박테리아가 없어야 하죠?"

앞자리에 앉아 있던 한 아이가 손을 들고 물었다.

"그것들이 생명의 기원을 보여 줄 수도 있습니다. 하지만 인간이 경험한 적 없는 바이러스나 박테리아는 우리에게 해가 될 수 있기 때문이죠."

강사는 가볍게 어깨를 올렸다 내리며 대꾸했다. 아이들은 강사의 말에 웅성거렸다.

유림은 화성에도 직접 가 보지 못한 인류가 언제 소행성을 탐사할 수 있을까 싶었다. 그런 상황에서 그곳에 있을지 없을지도 모를 세균까지 걱정하는 아이들이 이해되지 않았다. 우리는 당장 내일 일도 모르는데 말이다.

별자리 강연은 곧 마무리되었다. 이제는 다솦에서 제일 높은 곳에 있는 천문대로 장소를 옮길 시간이었다. 아이들은 다시 버스를 타고 이동했다. 늦은 밤 산길을 오르는 버스가 잘못될까 봐 아이들은 속으로 신경 쓰고 있었지만, 몇 시간 전 기차에서만큼 예민하지는 않았다.

다솦 천문대에 도착해 아이들은 줄지어 천문관 안으로 들어갔다. 안에는 선임 기술원과 지름 2미터 크기의 망원경이 있었다. 망원경은 무척이나 거대해 커다란 기계처럼 보였다. 서서히 돔이 열리면서 별빛이 펼쳐진 웅장한 밤하늘이 나타났다.

400년 전 갈릴레오 갈릴레이가 우주의 중심이 지구가 아니라는 것을 망원경으로 확인한 뒤 우주와 관련된 큰 사건들은 모두 망원경으로부터 알아냈다. 그러는 동안 수천 개의 별이 발견되고 이름을 얻게 되었다. 그렇게 수백 년 동안 세상 밖 무한한 우주로 시선을 돌렸던 사람들이 이제는 자신의 유한한 수명을 알 수 있는 프로그램을 만들고 아이러니하게도 그 프로그램에 휘둘리고 있었다. 유림은 운세와 비슷한 거라고 여겼던 데스타이머에 자신이 누구보다 신경 쓰고 있다는 사실이 기분 나빴다.

'아이들이 북극 얘기만 꺼내지 않았어도.'

망원경이 구동된 이후 아이들은 차례대로 망원경 렌즈를 들여다보았다. 유림은 자기 순서를 기다리며 밤하늘로 시선을 돌렸다. 수억 광년을 날아온 별빛이 저 사이에 있을 거였다. 지금 맨눈으로 볼 수 있는 저 별도 백여 년 전 별빛인지 모른다. 당장 내일 죽더라도 백여 년 전 별이 보낸 빛을 봤으니 행복해야 하는 건가 싶었다.

"와, 너무 아름다워요."

먼저 망원경을 들여다보고 물러선 아이가 여전히 눈앞에 별이 있다는 듯 활짝 웃으며 말했다. 유림은 자신도 망원경을 통해 본 우주를 향해 아름답다고 말할 수 있을까 싶었다. 하지만 막상 망원경 렌즈에 눈을 대자 마음이 바뀌었다. 낭만이나 환상이 아닌 진짜 달과 우주의 신비한 풍경이 유림의 눈에도 들어왔다. '말로 표현하기 힘들다'는 문장을 습관처럼 사용하고 들어 왔지만 지금 이 순간 그 문장의 의미를 온전히 이해할 수 있을 것 같았다. 우주는 아름답다는 표현으로는 부족했다. 그 이상의 경이로움을 가지고 있었다.

서늘해진 밤 기온에 아이들이 옷깃을 여미고 각자의 숙소로 향했다. 유림은 오늘 하루가 너무도 길었다. 방으로 돌아와 씻고 곧바로 잠자리에 누웠지만 쉽게 잠이 오지 않았다. 어느새 유림의 관심은 다시 데스타이머로 향했다. 데스타이머로 위축된 스스로에게 당황스러우면서도 그 안에 설정된 자기 삶이 하루밖에 남지 않았다는 것이 걱정스러웠다.

다음 날, 아이들은 하나둘 강당에 모여 아침 식사를 시작했다. 밥을 먹다 누군가 소리치듯 말했다.

"어? 왜 공항이 봉쇄됐지?"

소리친 아이는 휴대 전화를 들여다보고 있었다.

"공항이랑 항구를 통해 당분간 해외로 이동할 수 없대."

"왜?"

"뭐야, 그럼 데스타이머가 맞았다는 거야?"

아이들이 웅성댔다. 그런 와중에 주방에서 아주머니가 나와 식당 텔레비전을 켰다. 아침부터 속보가 이어졌다. 아이들이 동요하는 모습을 보이자 관리자가 나타나 황급히 모니터를 껐다.

하지만 아이들은 휴대 전화로 관련 기사를 계속 찾아보았다. 북극의 영구 동토가 녹으면서 그 안에 있던 고대 박테리아 중 하나가 이끼나 식물에 퍼진 뒤 변이를 일으켰다는 내용들이 보도되고 있었다.

태우와 세정은 서로 눈을 마주쳤다.

"유림이 러시아에서 언제 왔지?"

태우의 물음에 세정이 기억을 더듬으며 대꾸했다.

"작년 말에 온 것 같은데. 아직 1년도 안 됐어."

"그래서 유림의 데스타이머 시간이 하루밖에 안 남았던 건가?"

"무슨 말이야?"

세정의 물음에 태우가 걱정스러운 얼굴로 말했다.

"문제가 된 고대 박테리아에 유림이 감염됐을 수도 있잖아. 혹시 주변 사람들에게도 옮기는 건 아닐까?"

그때 잠이 덜 깬 얼굴로 유림이 식당에 들어왔다. 식판에 음식을 받고는 태우 옆자리로 걸어왔다. 태우가 당황하더니 벌떡 일어섰다.

"어디 가?"

유림은 아직 반 이상 남아 있는 태우의 식판을 보며 말했다.

"아침 생각이 없어졌어."

"갑자기?"

유림의 물음에도 태우는 뒤도 돌아보지 않고 퇴식구로 향했다. 유림은 뜬금없다는 얼굴로 세정에게 말했다.

"태우 이상하네."

유림이 주위를 둘러보았다.

"데스타이머 때문에 아이들이 여전히 불안한가 봐."

"그, 글쎄."

세정의 목소리가 떨렸다.

"아무래도 데스타이머에 문제가 있는 게 맞는 거 같아. 나 봐. 멀쩡하잖아."

유림이 가볍게 웃었다.

"괜히 걱정하다 늦잠만 잤어. 그러니 너희들도 아무 일 없을 거야. 오늘이나 내일 원래대로……."

"저, 저기, 유림아."

세정이 유림의 눈을 제대로 바라보지 못하고 말했다.

"왜?"

"오늘 아침에 공항이 봉쇄됐대."

"……뭐?"

"북극에서 고대 박테리아 독성에 감염된 이끼가 발견됐대. 그게 몇 년 전부터 러시아에 퍼졌고 다른 나라로도 빠르게 번지고 있대."

세정이 말을 마치고는 서둘러 자리에서 일어나 밖으로 나가 버렸다.

아침 식사 이후, 태양의 흑점을 관찰하기로 한 캠프 일정은 진행되지 않았다. 유림은 자기 방으로 돌아와 텔레비전을 켜고 뉴스를 보았다. 속보로 나오는 뉴스에서는 북극 영구 동토에서 발견된 고대 박테리아 독성이 주위 토양과 식물을 감염시킨 뒤 주변 지역에 사는 가축과 사람들에게까지 번졌다고 전했다. 그 독성이 몸에 쌓이면 2~3년 내로 죽는데, 러시아 과학자가 그 사실을 최초로 발견한 시점에서 불과 일주일도 지나지 않았다고 했다.

"말도 안 돼."

드르르륵.

휴대 전화에서 유난히 진동 소리가 크게 울렸다. 유림의 엄마에게서 온 전화였다. 유림은 떨리는 손으로 전화를 받았다. 조심스럽게 고대 박테리아 얘기를 꺼내자 엄마는 긴장한 목소리로 걱정하지 말라는 말만 반복하다 작은 목소리로 겨우 별일 아닐 거라는 말을 덧붙였다.

"그럼, 고대 박테리아를 어떻게 막을 수 있는데?"

"……."

"감염된 뒤에는 어떻게 치료해야 하는데?"

엄마는 박테리아에 대한 연구가 시작될 거니 곧 치료제가 만들어질 거라며 유림을 달랬다. 우선은 그 전에 병원에 가서 기존 박테리아 감염 검사라도 받아야 한다고 했다. 오늘 오후에 검사가 가능한 병원을 예약했으니 당장 짐을 싸서 돌아오라는 말뿐이었다.

유림은 전화를 끊고 자리에서 일어나 서성였다. 길어진 여름, 10월의 초록. 이러한 자연의 변화를 어렴풋이 느끼고는 있었지만, 그 변화가 위험할 수도 있다는 사실을 유림은 인지하지 못했다. 그저 자기와는 먼 계절의 일이라고 생각했다.

'영구 동토가 녹다니.'

고대 박테리아라면 수만 년 전, 어쩌면 그보다 훨씬 오래전 우리가 한 번도 경험하지 못한 박테리아일 수도 있다. 병원에 간다고 과연 제대로 된 검사를 받을 수 있는 걸까 싶었다.

'내 몸이 고대 박테리아 독에 감염된 걸까? 그동안 별다른 증상은 없었는데…….'

유림은 지난밤, 천문학 강연에서 들었던 소행성 이야기가 떠올랐다.

'우리가 경험한 적 없는 박테리아라면.'

유림은 서둘러 짐을 쌌다. 하지만 선뜻 문을 열고 밖으로 나갈 수가 없었다. 사람들이 경험한 적이 없다면 항체도 없고 당장은 치료제도 없을 거라는 생각이 들었다.

'영구 동토가 언제 만들어진 거지? 십만 년 전? 아니 백만 년 전?'

지금 살아가는 아무도 네안데르탈인 시대를 산 적이 없다. 그런데 그 시대에 살았던 박테리아가 사람을 통해 전 세계로 퍼져 나가고 있다. 유림은 지구의 내일도 모르면서 우주의 먼 미래를 보겠다고 밤하늘을 올려다보며 경이로워했던 자신이

한심스러웠다.

유림은 데스타이머를 들여다보았다. 'D-day'라는 글자가 선명했다. 오늘이 아니라고 달라질 건 없었다. 남은 삶이 며칠 혹은 몇 년이라 할지라도 자신이 무엇을 할 수 있을까 싶었다. 죽음을 막을 수 없다면…….

계속 절망을 말하기에는 시간이 촉박했다.

"이제 와 내가 무엇을 할 수 있지?"

누군가 말해 주면 좋을 것 같았다.

아직 늦지 않았다고 말이다.

드림캐처

결국 어른들은 마법의 거미줄을 만들기 시작했다. 아주 오래전 어느 때인가는 '아시비카시'라고 알려진 거미 여인이 오지브와족의 아이들을 보호하고 좋은 꿈을 꾸게 하려 드림캐처를 만들었다고 한다. 버드나무를 깎아 목재 고리를 만들고 그 안에 식물로 만든 끈을 거미줄 모양으로 엮어 놓았다. 그리고 용맹을 상징하는 매의 깃털도 달았다. 오지브와족은 그렇게 만든 드림캐처의 거미줄이 나쁜 꿈을 잡아채 아이들이 편히 잘 수 있게 도와준다고 믿었다.

세월이 지난 지금은 국가에서 아이들을 돌보기 위해 드림캐처를 만든다. 수면 정보 분석 수집기인 드림캐처는 동그란 원형의 틀 안에 거미줄 대신 수많은 회로망이 얽혀 있다. 그 회로망은 뇌의 신경 세포 반응을 분석하고 활동량을 측정한다. 그리고 수면 중에 나타나는 텍스트나 이미지, 영상을 교육정보국 중앙 컴퓨터로 전송해 심리 상태를 분석하고 의식의 흐름을 데이터화한다. 혹여 아이들이 나쁜 꿈이라도 꾸는 뇌파가 발생하면 그 꿈에서 벗어날 수 있도록 잔잔한 음악을 들려주거나 조명의 밝기를 조절하는 등 심리적 안정감을 주는 수면 환경을 조성해 주었다.

드림캐처에 달린 매의 깃털 모형은 매일 기기에 입력되는 수면 정보를 교육정보국으로 송신하는 안테나 역할을 했다. 교육정보국에서는 그렇게 꿈 정보를 수집해 아이들의 미래에 다가올지도 모를 위험을 잡아챌 수 있기를 바랐다.

준은 잠에서 깨자마자 드림캐처를 확인했다. 원형의 틀에 파란 불이 반짝였다. 드림캐처가 작동하고 있는데도 준은 지난밤 악몽을 꾸었다. 오래되고 낡은 건물과 쓰레기가 가득한 폐허 같은 도시에 혼자 서 있는 꿈이었다. 드문드문 기억을 더듬어 보니 처음에는 깨끗하고 깔끔한 도시의 풍경이었다. 하지만 바람이 불고 비가 내리기 시작하자 아름다운 도시의 모습이 수채화 물감 지워지듯 씻겨 나갔다. 하늘은 먼지 가득한 황톳빛이 되었고 건물은 회백색으로 바뀌었다. 게다가 반도체 첨단산업센터의 철제문은 심하게 녹슬어 스치기만 해도 녹이 묻어날 정도였다. 꿈이었지만 너무 강렬한 인상에 준은 잠에서 깨고 나서도 한동안 멍했다.

기숙사 방 안으로 따뜻한 아침 햇살이 한가득 들어왔다. 준은 창문을 열고 밖을 내다보았다.

"여기 하늘은 이렇게 맑은데."

준이 머무는 학교 기숙사는 언덕 중턱에 있어 도시의 모습이 한눈에 들어왔다. 머릿속에서 맴돌던 꿈속 풍경이 단번에 씻겨 나갈 만큼 잘 정돈되고 아름다운 도시였다. 파랗다 못해 눈부시게 푸르른 하늘이 준의 시야가 닿는 곳 저 끝까지 펼쳐져 있다. 유리로 된 고층 빌딩들 뒤로 초록빛이 가득한 산의 능선이 드러났다. 숲에서 전해지는 나무 향이 준이 있는 곳까지 번져 오는 듯했다. 준은 크게 숨을 들이마시며 남아 있는 잠기운을 떨쳐 냈다.

지난밤 A-5 구역 전력이 일시 끊겼습니다. 드림캐처 작동상태를 확인하고 문제가 생긴 경우 담당 선생님께 보고하길 바랍니다.

준은 기숙사 방송을 들으며 학교 갈 준비를 서둘렀다. 요즘 들어 정전이 잦았다. 학교에서는 도시의 주요 에너지원을 원자력에서 태양광으로 전환하는 과정에 생긴 기술적인 문제라고 알려 주었다. 하지만 쉽게 해결되지 않는지 정전 문제는 계속되었다.

준이 공동 식당으로 가자 입구에 서 있던 사감 선생님이 말을 건넸다.

"준, 늦었구나."

"늦잠을 잤어요"

"지난밤 드림캐처 작동이 잠시 멈췄던 건 알고 있지?"

선생님의 물음에 준은 고개를 끄덕였다.

"그래, 혹 잠을 깊이 못 잔다거나 악몽을 꾸게 되면 말해 다오."

선생님은 건조한 미소를 짓고는 시선을 돌렸다. 그때 준은 선생님 옆얼굴에 드러난 가느다란 실금을 발견했다.

"저…… 저기요, 선생님!"

가늘고 긴 선은 꼭 볼펜으로 그어 놓은 것처럼 선명했다.

"왜?"

하지만 다시 돌아본 선생님 얼굴은 평소와 다름없었다. 준은 잠깐 사이 일어난 일이 어리둥절했다.

"아, 아니 제가 잘못 봤나 봐요."

준은 정신을 차리려는 듯 머리를 흔들었다.

"어서 아침 먹어라."

사감 선생님은 엘리베이터에서 내리는 한 무리의 아이들에게 다가가 일일이 식사 시간에 늦지 말라며 주의를 주었다.

공동 식당 중앙 대형 테이블에는 빵과 채소, 베이컨 등이 놓여 있고, 벽 한편에 놓인 사각 테이블에는 몇 가지 과일과

음료수가 보였다. 준이 접시에 음식들을 담는데 뒤에서 한 아이가 '아악' 하고 비명을 질렀다.

"바, 바퀴벌레!"

션이 음료수 컵을 손에 쥔 채 한 걸음 물러났다.

아이들의 눈길이 션에게로 모여들었다. 이제 막 식당으로 들어오던 유노가 션에게 다가갔다.

"바퀴벌레가 어디 있어?"

유노가 묻자 션이 손가락질하며 대답했다.

"테, 테이블, 테이블 아래로 내려갔어."

기숙사는 위생 점검 시스템이 하루 종일 작동 중이었다. 공동 공간에서는 개미 한 마리도 볼 수 없을 정도로 철저하게 관리했다. 그런데 바퀴벌레라니. 준은 말도 안 되는 일이라 생각했다.

"내가 찾아볼게."

뒤로 물러서 있는 다른 아이들과 달리 유노는 혼자서 테이블 여기저기를 살펴보았다.

"이쪽이 맞아."

"어, 분명히 그쪽으로 갔는데…… 잠깐 사이 사, 사라졌어."

션의 말에 유노가 진지한 얼굴로 되물었다.

"사라지다니?"

"그, 그냥 흐려졌어."

바퀴벌레가 사라졌다는 이야기에 준은 좀 전에 봤던 사감 선생님 얼굴이 떠올랐다. 그때도 얼굴에 보였던 실금이 한순간에 사라졌다. 선생님이 가면을 썼다 벗은 게 아닐까 싶을 정도였다.

"잘못 본 거 아니지?"

유노가 테이블을 이리저리 밀치며 물었다. 옆에 있던 션은 뒷걸음질 치다 주위로 몰려든 아이들과 부딪혀 넘어졌다.

"괜찮아?"

옆에 있던 준이 션을 일으켜 주었다.

"응……. 근데 나 분명히 봤어. 바, 바퀴벌레 말이야. 눈이 녹아내리듯 사라졌지만."

주위가 소란해지자 사감 선생님이 쫓아와 주변을 살폈다. 그러고는 테이블을 이리저리 밀쳐 놓은 유노의 행동을 나무랐다. 션은 여전히 벌레를 본 충격에 빠져 멍한 눈빛으로 자신이 했던 말을 되풀이했다. 그 모습을 본 아이들은 구경이라도 난 듯 여기저기서 수군댔다. 유노만이 벌레가 사라진 벽 구석구석을 뒤지고 다녔다.

학교 갈 준비를 마친 준은 나가기 전에 잊지 않고 생태학 책을 챙겼다. 과제 때문에 빌린 책인데 반납일이 지났다. 학교 가는 길에 들러도 늦지 않을 거였다. 준은 하얀색 대리석이 깔린 엘리베이터에 타서는 투명 유리창 밖을 내려다보았다. 깔끔하고 반듯하게 구획된 도시가 A-5 구역이었다. 대부분은 주거지로 집과 공원이 어우러져 있으며 도시 끝 쪽엔 주요 기업들이 입주한 120층 쌍둥이 타워가 자리 잡고 있다. 보기보다 멀어 가 보지는 못했지만 쌍둥이 타워가 있는 도시에 산다는 것이 내심 자랑스러웠다.

밖으로 나온 준은 도서관으로 향했다. 중앙 공원을 지나면 좀 더 빨리 갈 수 있다. 지난밤에 소나기가 내렸는지 길이 젖어 있었다. 그런데 이상하게도 공원에 있는 나무들은 모두 물기 없이 마른 상태였다. 준은 주위를 둘러보았다. 지난밤 비 맞는 꿈을 꾸어서인지 길만 젖어 있는 풍경이 유독 신경 쓰였다.

때마침 멀리서 비행기 날아가는 소리가 들렸다. 준은 하늘을 올려다보았다. 어떤 비행기길래 저리도 큰 엔진 소리가 나는지 궁금했다. 공원에 있던 몇몇 사람들도 비행기를 찾는지 고개를 들고 하늘을 살폈다. 하지만 주위 나무들에 가려 비행기는 보이지 않았다. C 구역에 비행장이 있다는 말은 몇 번 들었지만 비행기를 본 적은 한 번도 없었다. 왜인지 오늘은 꼭 비행기를 보고 싶다는 생각에 준은 서둘러 주택가 골목길로 들어섰다. 낮은 건물 쪽으로 가야 볼 수 있을 거였다.

건물 사이로 비행기 엔진 소리가 파고들었다. 빠른 속도감이 느껴졌다. 이 정도의 굉음을 내고 날아가려면 어느 정도로 큰 비행기일지 궁금해 걸음을 재촉했다.

"어디로 가 버린 거지?"

잠깐 사이 비행기 엔진 소리가 멀어졌다. 결국, 오늘도 실패였다. 준은 한숨을 내쉬고는 왔던 길을 되돌아보았다. 공원에서 제법 멀리 왔다. 온 길로 되돌아 가면 도서관에 들르지 못하고 학교에도 지각할 게 뻔했다. 적당한 지름길을 찾아야 했다.

골목길을 지나는 사람은 거의 없었다. 생각보다 길이 복잡해 학교로 향하는 길을 찾기가 쉽지 않았다.

"어디로 가야 빠를까?"

준이 주위를 살피는데 갑자기 어느 집 담장이 열렸다. 문이 아니라 분명 담장이었다. 열린 담장 사이로 한 남자가 빠져나왔다. 남자가 나온 곳을 보니 생각지도 않았던 샛길이 있었다.

"저, 아저씨!"

준은 남자를 불렀다. 남자가 돌아보더니 뜻밖이라는 표정을 지었다.

"도서관으로 가려는데 이 길로 가도 될까요?"

준이 담장 안으로 드러난 길을 가리키며 물었다. 남자는 고개를 끄덕이고는 무심히 가던 길로 가 버렸다.

준은 남자가 빈민가가 모여 있는 D 구역 사람일 거라고 생각했다. 얼굴은 말끔하고 점잖아 보였지만 무척이나 낡고 해진 옷차림에 신발은 진흙탕을 밟고 다닌 것처럼 지저분했다. 준은 빈민가 사람들이 통제 없이 A 구역에 들어와 생활하고 있다는 얘길 들은 적이 있다. 빈민가 사람들이 왜 자신들의 구역에서 활보하고 다니는 건가 싶었다. 의아한 마음에 돌아

보는데 남자의 모습이 한쪽 벽으로 한순간 사라졌다.

"어? 뭐지?"

준은 고개를 흔들었다.

"내 눈에 문제가 있나?"

두 손으로 마른세수를 했다.

"아니야, 내가 잘못 본 걸 거야."

준은 마음을 추스르고 열린 담장을 보았다. 담장인 줄 알았던 벽은 자세히 보니 나무판자로 된 문이었다. 안쪽 샛길 너머에 도서관으로 가는 큰길이 보였다. 준은 처음 보는 길이 낯설었지만 더는 시간을 지체할 수 없었다. 서둘러 샛길을 지나 큰길로 빠져나갔다. 도서관에 도착해 얼른 챙겨 간 책을 반납하고는 부지런히 학교로 향했다. 주위를 둘러보니 평소 다니던 길이었다. 매일 다니는 길이었는데 그동안 왜 샛길이 있다는 걸 몰랐을까 의아했다.

학교 수업을 받는 내내 기분이 심란했다. 공동 식당에서 있었던 일도 그랬지만 갑자기 나타났다 사라진 남자가 떠올라 내내 마음이 불편했다. 창밖으로 고개를 돌렸다. 여전히 하늘은 푸르렀고 쌍둥이 빌딩은 두 개의 웅장한 탑처럼 건재해 보였다. 빌딩 뒤로 펼쳐진 초록빛 산을 보니 마음이 조금씩 차분해졌다.

학교에서는 에너지 관련 수업이 많았다. 과도한 에너지 개

발로 도시가 황무지 같았던 과거에는 각종 전염병과 질병이 유행했고 사람들의 우울증이나 자살률도 높았다고 했다. 그러한 문제점을 극복하기 위해 국가에서는 주요 에너지원을 태양광으로 바꾸고, 산을 가꾸고 도시 곳곳에 나무를 심었다. 차량 이용은 통제되기 시작했고 학생들은 학교 기숙사에서 머무르며 에너지를 아끼는 데 동참했다. 그렇게 수십 년간 이어진 노력으로 다시 세운 도시가 A 구역이었다.

준은 마지막 수업인 탈탄소화 과목을 배우고 교실에서 나왔다. 현관에서 기숙사로 가려는데 운동장 건너편에 있는 유노의 모습이 눈에 들어왔다. 유노는 바람에 굴러다니는 검은 비닐봉지를 뒤쫓아 가고 있었다.

"뭐 하는 거지?"

준은 유노를 따라갔다.

잠시 뒤 운동장 구석 화단에서 무언가를 찾는 유노에게 물었다.

"유노, 무슨 일이야?"

준이 나타나자 유노는 잘됐다는 얼굴로 되물었다.

"혹시 너도 봤어?"

"뭐? 검은 비닐봉지 쫓는 거 말이야?"

준의 말에 유노는 실망한 표정을 지었다.

"아니, 비닐봉지가 아니라 검은 쥐였어."

"쥐? 우리 구역에 쥐가 있다고?"

준의 말에 유노가 상기된 얼굴로 고개를 끄덕였다.

"난 분명히 비닐봉지로 봤는데."

준이 확인하듯 다시 말했다. 그러자 유노의 표정이 굳었다.

"왜 우리가 다르게 봤을까."

"그게 무슨 말이야?"

유노가 잠시 고민하다가 물었다.

"……혹시 문화회관에 가 본 적 있어?"

준은 대답 대신 고개를 가로저었다. 문화회관 공연 포스터를 본 적은 있지만 실제로 공연을 관람한 적은 없었다. 대부분 성인 대상의 공연이었고 어렵고 이해하기 힘든 음악 혹은 무용 공연들이라 준의 흥미를 끌지 못했다. 실제로 주변에서도 공연을 봤다는 친구들은 없었다.

"그런데, 왜?"

"얼마 전 션과 시내에 갔다가 우연히 문화회관에 들어갔거든. 그런데 실내 모습이 공연장이 아니라 마치 오래된 공장 같았어. 낡은 기계들이 놓여 있었거든."

유노는 입술을 바르르 떨며 말을 이었다.

"그런데 션은 공연장의 모습을 봤다고 하더라고. 같은 걸 다르게 볼 수 있는 걸까?"

"그냥 서로 다르게 기억하는 거 아닐까?"

"난 기억을 얘기하는 게 아니야. 정확하게 봤어."

준은 여전히 유노의 말을 이해할 수 없었다. 하지만 유노가 나름의 확신을 가지고 있다고 느껴졌다.

"우리가 모두 실제의 모습을 볼 수 있다면…… 그때는 답을 알 수 있겠지."

유노는 알 수 없는 말을 남기고는 자리를 떠나 버렸다. 준은 유노가 불안함을 보이는 것이 드림캐처가 작동을 멈춘 것과 관련이 있지 않을까 싶었다. 최근에 자신이 악몽을 꾼 것처럼 말이다. 유노의 불안한 생각들이 꿈으로 이어지는 건 아닐까 걱정되었다. 폭력적이거나 불안정한 꿈을 많이 꾸게 되면 드림캐처의 정보를 파악한 교육정보국이 해당 학생을 별도로 관리했다.

학생들이 기숙사나 학교에서 위협을 느끼는 상황에 노출되었거나 혹은 가해자가 되는 상황을 막기 위해서였다. 현실의 불안함은 반드시 꿈을 통해 드러나기 때문에 예방이 가능하다는 것이 교육정보국의 주장이었다. 그러기에 드림캐처를 통한 분석 결과가 좋지 않은 학생은 기숙사에서 나가 국가에서 관리하는 청소년 센터에서 지내야만 했다.

준은 화단을 구석구석 둘러보았다. 쥐도 없었지만 검은 비닐봉지도 보이지 않았다.

"내가 본 게 맞다면 비닐봉지라도 있어야 하는 게 아닐까?"

준은 다시 한번 비닐봉지를 찾아보았다. 이상했다.

"만약 비닐봉지가 아니라 진짜 쥐였다면…… 어떻게 설명해야 하지?"

준은 학교를 나와 기숙사로 향했다. 그러다 몇 걸음 가지 못하고 방향을 바꿔 아침에 왔던 길로 거슬러 내려갔다. 학교 담장을 따라서 왔던 길로 되돌아가 보았다. 아침에 나온 샛길을 기억했다. 하지만 그곳엔 뜻밖에도 공사 중이라고 쓰인 가림막이 설치되어 있었다. 자신이 지나왔던 샛길이 여기인지 아니면 다른 곳인지 헷갈리기 시작했다. 하지만 포기하고 싶지 않았다.

준은 공사장 가림막 안으로 들어갔다. 안에는 아무도 없었다. 벽을 더듬다 보니 신기루처럼 골목이 나타났다. 아침에 온 샛길이었다. 조심조심 주위를 살피며 건너편 방향으로 걸어갔다. 길 양쪽으로는 철판이 덧대어져 있었다. 문화회관 내부가 공장이었다는 유노의 얘기가 떠올랐다. 건물의 겉과 안이 왜 다른 건가 싶었다.

'신경 쓰고 봐야 다른 모습이 나타나는 건가?'

샛길을 빠져나갈 때쯤 누군가의 목소리가 들렸다.

"다시 올 줄 몰랐다."

"누, 누구세요?"

준은 갑작스러운 목소리에 놀라 뒤를 돌아봤다. 아침에 만났던 남자였다.

"내가 보이니?"

남자가 되물었다.

"네, 보여요."

"그럼 다른 아이들의 눈에도 내가 보이겠구나."

"그게 무슨 얘기예요?"

"하긴, 봤더라도 나중에는 나쁜 꿈으로 기억될 거야."

"그게 무슨 말이죠?"

준의 물음에 남자는 쉽게 대답하지 못했다. 잠시 머뭇거리다 비행기 지나는 소리가 들리자 남자는 손으로 하늘을 가리켰다.

"저 소리가 무슨 소리인 줄 알아?"

남자가 궁금하다는 얼굴로 물었다.

"비행기 날아가는 소리잖아요."

"네 눈에는 지금 비행기가 보이니?"

"그렇지는 않지만……."

"그럼 실제로 비행기를 본 적이 있니?"

준은 비행기를 찾으려 목을 빼고 하늘을 쳐다봤다.

"보이지 않는데도 비행기가 내는 소리라고 믿고 있구나."

남자가 피식 웃으며 말했다.

"그럼 비행기 소리가 아니라는 건가요?"

"눈을 뜨고 제대로 바라봐. 뭐가 보이는지."

준은 고개를 들어 하늘을 보았다. 여전히 푸른 하늘뿐이었다.

"우리들의 눈은 진실을 보는 게 아니야. 뇌가 받아들인 결과물을 보는 거지."

"그게 무슨 말이에요?"

남자는 유노가 했던 말과 비슷한 말을 했다.

"뇌의 알고리즘은 정보의 변화에 차이 값이 없으면 기억을 삭제하도록 명령해. 뇌가 정보를 압축적이고 효과적으로 이용하는 거야."

준은 남자가 왜 저런 얘기를 하는 건가 싶었다.

"그런데요?"

"드림캐처가 뇌 알고리즘의 왜곡을 돕지. 매일 보는 같은 것들은 실제의 모습대로 인식하지 못하는 거야. 그러다가 새로운 것들이 나타나면 보게 되는 거지. 정보가 입력되지 않은 벌레나 동물이 나타났다던가."

준은 남자의 말이 이해되지 않았다.

"지금 제가 실제의 모습을 보지 못한다는 건가요?"

남자는 고개를 끄덕였다.

"그래, 도시의 전력이 점점 떨어지고 있어. 드림캐처가 작동을 멈추면 너희들도 진실을 볼 기회가 생길 거야."

"진실?"

"네가 꾸는 꿈이 실제이고 지금 보는 것은 허상이라는 얘기야. 가끔 프로그램에 설정되지 않은 무언가가 나타날 때는 실제의 모습이 인식되기도 하지. 네가 날 보는 지금 이 순간처럼."

"저는 지금 실제 그대로를 보고 있어요."

"보는 것의 모두가 실제는 아니다. 실제라고 믿는 거지."

"저한테 그 얘기를 왜 하는 거죠?"

"네가 실제의 날 봤으니까. 이제 실제의 세상도 볼 준비를 해야 해."

준은 남자가 우연히 나타난 게 아닐지도 모른다는 생각이 들었다.

"아저씨 누구세요?"

"글쎄, 아주 오래전 드림캐처를 만든 아시비카시라고 해야 하나?"

남자는 뒤로 물러서더니 밝은 벽에 붙어 섰다.

"이제는 그 일을 후회하는 아시비카시지."

남자는 한동안 그대로 있더니 잠시 뒤 눈앞에서 사라졌다.

준은 두 손으로 눈을 비볐다. 다시 남자를 찾았지만 보이지 않았다.

"마술인가? 아니면 마법?"

준은 갑자기 무서워졌다. 서둘러 걸음을 옮겨 도망치듯 기숙사로 향했다.

준이 기숙사에 다다르자 해가 저물고 있었다. 준은 건물 안으로 들어가며 심상치 않은 분위기를 느꼈다. 교육정보국에서 나온 사람들이 기숙사 앞에 서 있었다. 아이들은 무엇 때문에 교육정보국에서 사람이 왔는지를 궁금해하면서도 혹시 자기가 잘못한 게 있을까 걱정하는 눈치였다.

사감 선생님은 기숙사 아이들을 모두 교육관으로 불러 모았다. 아이들이 모이자 선생님은 유노를 앞에 세우고 말했다.

"불안한 심리는 폭력성을 유발합니다. 이는 이후에 범죄로도 이어질 가능성이 높죠. 그러한 아이들은 지금도 우리 주위에서 불안을 일으키고 있어요."

선생님이 다이어리 하나를 들어 보여 주었다.

"특히 일기장은 개인의 불안을 증가시킬 요소가 있습니다."

학생들이 일기를 쓰는 것은 금지였다. 논리적이지 못한 글이 쓰기 능력을 떨어뜨리고 감성적이고 주관적인 감정 상태가 심리적 독립성을 떨어뜨린다는 것이 이유였다.

"드림캐처를 통해 불안한 결과들이 계속 교육정보국에 전달되었던 학생입니다. 최근에는 드림캐처를 사용하지도 않은 채 일기를 쓰고 있어요. 확인하니 잘못된 기록들이 많습니다."

선생님의 말에 유노가 혼잣말하듯 대꾸했다.

"잘못된 기록이…… 아니에요."

선생님은 기가 막힌다는 표정을 지었다.

"잘못된 기록이 맞습니다. 있지 않은 사실들을 기록해 놓았으니까요."

선생님은 당황한 듯했지만 곧 차분하게 말을 이었다.

"오늘 유노는 무척 실망스러웠습니다. 아침 식사 때는 공동식당 테이블을 넘어뜨리고 션에게 폭력을 행사하는 걸 여러

분 모두가 보았을 겁니다."

아이들은 서로의 얼굴을 쳐다보았다. 유노가 바퀴벌레를 찾으려고 테이블을 움직이다 션이 의도치 않게 넘어졌다는 사실을 아이들은 모두 알았다. 하지만 아무도 선생님에게 대꾸하지 못했다.

"유노는 이제 폭력을 제어할 수 없는 상태에 이르렀습니다. 그렇기에 당분간 이곳을 떠나 심리 치료를 받아야 합니다."

모두의 시선이 유노에게로 모일 때쯤 전등이 깜빡이더니 정전이 되었다. 준은 순간 눈부심을 느꼈다. 전등불이 꺼졌는데도 오히려 눈이 시릴 정도로 시야가 밝았다. 아이들이 웅성거리자 선생님은 아까보다 더 큰 목소리로 말했다.

"지금 왜 이렇게 소란스러운 거죠?"

준이 손을 들었다.

"무슨 일이죠?"

"지금 제 눈에 바퀴벌레가 보이는데 잘못된 건가요?"

준은 눈부심이 줄자 시야가 선명해지는 것을 느꼈다. 두 손으로 눈을 꾹꾹 누르고는 앞을 바라보았다. 바퀴벌레는 한 마리가 아니었다. 선생님 뒤로 대여섯 마리가 벽을 타고 내려오고 있었다.

"무슨 말이야!"

선생님은 그럴 리 없다는 듯 소리쳤다. 그러자 션도 눈을 비비다 말고 말했다.

"제 눈에도 바퀴벌레가 보여요. 그리고 선생님 얼굴에 나타난 실금도요."

아이들이 하나둘 눈을 비비다 놀란 얼굴로 자리에서 일어났다. 준과 션처럼 눈부심 현상을 겪은 아이들은 소리를 지르거나 입을 막았고, 그렇지 않은 아이들은 상황이 이해되지 않는다는 듯 입만 벌리고 있었다.

시간이 지날수록 선생님 얼굴에 나타난 실금은 더욱 선명해졌다. 그러더니 곧 깊은 주름으로 변했다. 강한 자외선에 녹아내리듯 만들어진 주름 같았다.

사감 선생님은 두 손으로 얼굴을 감싸 쥐었다.

"잘못됐어. 뭔가가 잘못됐다고."

선생님은 전등을 켜려 스위치를 눌러 댔다. 하지만 전기는 들어오지 않았다.

"전력이 떨어진 게 문제였어. 드림캐처가 제대로 작동하지 않은 게 분명해. 빨리 엔지니어를 불러야 해."

선생님은 우왕좌왕하다 도망치듯 교육관 밖으로 뛰어나갔다. 그 모습을 본 교육정보국 사람들도 하나둘 흩어졌다.

"밖에 좀 봐."

션이 창밖을 가리키며 소리쳤다. 아이들은 창가로 다가가 밖을 내다보았다. 하늘 끝자락에 걸린 햇빛이 검붉었다. 정전으로 불이 꺼진 지역과 그렇지 않은 지역이 분명하게 구분이 되었다.

A-5 구역은 커다란 유리 돔으로 덮여 있고 돔 밖으로는 황량한 민둥산이 보였다. 마치 끝없이 펼쳐진 사막 같았다. 민둥산 주위로 화석 연료를 사용하는 공장의 굴뚝들이 줄지어 보였다. 하늘엔 숨 쉴 수 없을 만큼 뿌연 대기가 가득했다.

그곳에 어제 꿈에서 봤던 오래되고 낡은 건물들이 늘어서 있었다. 그중 하늘을 찌를 듯이 우뚝 솟아 있는 두 개의 건물이 눈에 들어왔다. 준이 그토록 자랑스러워 했던 쌍둥이 타워였다. 녹슨 철제가 그대로 드러나 흉물스러워 보였다. 아까까지 봤던 화려함은 온데간데없는 모습이었다.

'왜, 왜 저런 모습인 거지?'

매일 오가던 학교의 모습도 보였다. 그저 붉은 벽돌이 군데군데 떨어져 나간 콘크리트 건물에 불과했다.

"내가 뭘 보고 있는 거야?"

지난밤에 꾸었던 악몽이 준의 눈앞에 펼쳐졌다. 아니, 어쩌면 악몽 같은 지금이 현실이었다. 이제야 아까 만난 남자의 말이 이해되었다. 내가 꾸는 꿈은 실제이고, 깨서 보는 것들이 허상이었다.

"드림캐처가 늘 보던 것들의 이미지를 고정된 형태로 인식하게 하는 기능을 해 왔어. 마치 잠자는 동안 시력을 조절해 주는 드림 렌즈처럼 말이야."

잠시 눈을 감고 호흡을 고르던 유노가 긴장한 목소리로 말을 이었다.

"우리는 우물 안의 개구리처럼 돔 안의 보호 구역에 있었던 거야."

"언제부터 알았어?"

준이 물었다.

"도시에 전력이 떨어지고 드림캐처가 멈추는 날이 많아지면서 악몽을 꾸기 시작했어. 그날부터 일기를 쓰기 시작했지. 기억과 일기 내용이 다르더라고. 그때 알았어. 악몽이 현실이었다는 걸, 지금 눈앞의 저 모습처럼."

"왜 우리에게 다른 세상을 보여 줬던 거지?"

준은 지금 상황을 정확하게 알고 싶었다.

"미래를 보여 주고 싶었던 거야. 아직은 불가능한 미래."

유노의 말이 끝나자마자 멀리서 비행기 엔진 소리가 들려왔다. 준은 소리가 나는 곳으로 고개를 들었다. 돔 천장에 있던 환풍구들이 차례로 열리며 오염된 공기를 빨아들였다. 그 소리가 마치 비행기가 하늘을 날며 내는 소리 같았다.

"애초에 비행기는 없었던 거야……."

유노가 절망스러운 얼굴로 말을 이었다.

"우리가 알던 세상도."

준은 실제의 세상을 볼 준비를 하라던 남자의 말을 되새겼다. 지금 보이는 것이 현실이라면, 그리고 진실이라면 우리는 받아들여야 했다.

"이제 똑바로 봐야 해."

준은 주먹을 쥐고 창밖을 바라봤다.

"아직 받아들일 준비는 되어 있지 않지만……."

아이들이 준에게로 시선을 돌렸다.

"결국은 우리가 감당해야 할 세상이니까."

포틀랜드

이모가 이사를 했다. 미국 샌프란시스코에서 포틀랜드로 갔다. 차를 타고 쉬지 않고 가도 열두 시간이 걸리는 거리라고 했다. 몸이 많이 안 좋다는 이모가 왜 갑자기 멀리 떨어진 곳으로 이사를 했는지 모르겠다. 이모가 살고 싶어 했던 마당이 넓은 집을 얻었거나, 이모부가 직장을 옮겨 새집을 얻은 모양이라 생각했다.

엄마는 이모네로 집들이를 가야 한다며 내 겨울 방학 일정을 확인하더니 미국행 비행기 표를 끊었다. 내 것은 물론이고 회사 일로 매일 야근을 하는 아빠 것까지 말이다. 그러고는 온통 미국 갈 일에 정신을 쏟았다. 집들이가 뭐 그리 중요하다고 이렇게까지 관심을 두나 싶었다.

한 달이나 남은 출국 일정을 앞두고 엄마는 매일 짐을 싸고

풀기를 반복했다. 이모네 집에 뭘 가져가야 할지, 집들이 선물은 뭘 줘야 할지 고민하는 것 같았다. 그렇다고 엄마가 들떠 보이지는 않았다. 준비해 갈 물건 목록을 종이에 적을 땐 수학 문제를 푸는 아이처럼 심각해 보이기도, 반성문을 쓰는 아이처럼 우울해 보이기도 했다.

어느 날은 이 옷 저 옷에 모자, 장신구를 잔뜩 챙겨 여행용 가방에 넣었다가, 다른 날은 이모네 집에서 읽겠다며 색이 누렇게 바랜 책들을 가방에 챙겨 담았다. 집들이가 아니라 우리가 미국에 이사를 가는 거로 엄마가 착각하는 게 아닐까 싶을 정도였다.

이모가 좋아하는 음식을 해 주겠다며 먹을거리도 잔뜩 챙겼다. 갖가지 떡과 과일, 채소들을 담다 출국 날짜가 일주일도 넘게 남은 것을 확인하고는 다시 꺼내 둔 음식들을 냉장고에 집어넣기도 했다.

정작 미국으로 가는 날 여행 가방에 담긴 건, 우리 가족이 입을 옷 몇 벌과 소설책 몇 권 그리고 특별할 것 없는 먹을거리가 전부였다. 결국 이렇게 떠날 걸 엄마는 왜 한 달 내내 부산을 떨었는지 모르겠다.

"엄마, 이 상자는 뭐야?"

나는 여행 가방에 툭 삐져나와 있는 노란 상자를 보며 물었다. 궁금한 마음에 상자를 꺼내 열어 보니 색이 바랜 장신구들과 조개껍데기가 담긴 작은 유리병, 그리고 오래되어 보이는 18색 크레파스도 자리를 차지하고 있었다.

"종이 인형도 있네?"

"지우야, 함부로 손대지 마!"

안방에서 나오던 엄마가 정색하며 내 손에 든 상자를 빼앗았다. 상자를 들었던 손이 무안할 정도였다.

"뭔데, 그래?"

"……엄마 거니까 함부로 손대지 마."

엄마는 상자를 도로 가방에 넣고는 그 위에 다른 짐들을 올렸다. 미국 갈 날을 위해 준비했던 것치고는 엄마의 기분이 무척이나 안 좋아 보였다. 필요 이상으로 예민해 보이기도 했다. 오랫동안 준비하다 막상 떠날 때가 되니 진이 빠진 모양이었다.

사실 나도 기분이 좋지는 않다. 열 시간 넘게 비행기를 타고 가도 이번 일정은 집들이가 전부였다. 겨울 방학을 이렇게 보내고 싶지는 않았다. 삼 년 전 이모 결혼식에 갔을 때는 달랐다. 그랜드 캐니언도 가고 라스베이거스에도 갔다. 거기에 디즈니랜드까지 가 봤다고 하면 주위 친구들의 부러움은 덤이었다. 그래서 이번에도 기대가 많았는데 엄마는 단호하게 선을 그어 말했다. 이번엔 오직 집들이만 하고 오는 거라고 말이다.

포틀랜드 공항에 도착한 뒤 우리 가족은 배웅 나온 이모부를 만났다. 엄마는 이모부를 보자마자 아무 말 없이 달려가 있는 힘껏 안아 주었다. 꼭 친동생을 만난 모양새였다.

'반가워서 저러는 걸까?'

이모부의 등을 두드려 주는 엄마의 모습은 반가움보다는 자주 볼 수 없어 서운하다는, 그러면서도 잘 챙겨 주지 못해 미안하다는 마음이 담겨 있는 것 같았다. 지켜보는 내가 무안할 정도였다. 하지만 아빠는 멀뚱히 쳐다만 보았고 이모부는 그저 미소만 지을 뿐이었다.

공항에서 이모부의 차를 탄 뒤 한 시간 반을 더 이동했다. 온몸이 굳어 버릴 것처럼 뻐근해질 때쯤 한적한 마을이 나타났다. 이모가 전에 살던 곳과는 분위기가 많이 달랐다. 가끔 보이던 한국 음식점은 아예 없었고 상가나 집들도 많지 않았다. 영화에서 보던 멋진 주택도, 높은 가로수나 울창한 숲도 보이지 않았다. 추운 날씨 탓인지 풍경은 더 황량하게 보였다. 시내 밖이라 오래된 건물들만 간간이 서 있는 어느 조용한 시골 동네라는 표현이 어울리는 곳이었다.

마트에 들러 장을 보고 이모네 집에 도착하니 늦은 오후였다. 미리 연락을 받은 이모가 마당 앞까지 나와 기다리고 있었다. 근래 몸이 안 좋았는지 전에 만났을 때보다 더 창백하고 해쓱한 얼굴이었지만 환한 웃음만은 그대로였다.

"오느라 고생 많았지."

이모가 내 머리를 쓰다듬으며 말했다. 엄마는 긴장한 표정으로 이모에게 다가가 물었다.

"날씨가 추운데 나와 있어도 괜찮아?"

"응, 괜찮아. 이게 최선이야."

"……아픈데 고생 많았어."

따뜻한 대화가 몇 마디 더 오갔지만 엄마의 시선은 이모를 향해 있지 않았다. 엄마는 이모를 지나쳐 집 안으로 들어갔다. 아빠는 이모와 짧은 인사를 나눈 뒤, 차에서 내린 짐을 들고 엄마를 따라 집으로 들어갔다.

엄마는 곧장 부엌으로 향했다. 그러더니 집은 둘러보지도 않고 저녁 식사를 준비했다. 그러는 동안 아빠와 이모부는 거실 소파에 앉아 추위를 녹이는 따뜻한 커피를 마셨다. 정작 이사 온 집에는 아무도 관심이 없는 것 같았다.

"너, 잡채 먹고 싶다고 그랬지?"

곁에서 음식 재료들을 들여다보는 이모에게 엄마가 물었다.

"응, 떡볶이도."

"매운 거 먹어도 괜찮아?"

엄마가 바쁘게 움직이던 손을 멈추었다.

"응, 그러고 싶어."

"대신 좀 싱겁게 할게."

"그럼 맛없어. 원래 먹던 대로 먹는 게 최선이야."

이모 대답에 엄마가 들고 있던 냄비를 내려놓더니 갑자기 화를 냈다.

“너, 아무 때나 최선이란 말 좀 하지 마!”

엄마 말에 찬바람이 훅 불어닥친 것처럼 일순간 분위기가 싸늘해졌다. 저녁 먹고 놀러 갈 계획을 짜 보자고 하려던 나는 입을 꾹 다물었다. 부엌 분위기를 눈치챘는지 아빠와 이모부는 갑자기 동네 좀 둘러보겠다며 자리에서 일어났다.

“알았어, 언니. 화 좀 내지 마.”

집 밖으로 나가는 아빠와 이모부의 모습을 확인한 뒤 이모가 말했다. 엄마는 두 손으로 얼굴을 쓸어내렸다.

“미안해……. 음식 혼자 해도 되니까 너는 거실에 가 앉아 있어.”

이모는 싫은 듯했지만 못 이기는 척 거실로 나와 엄마 말대로 소파에 앉았다. 이모와 나는 텔레비전을 보며 한동안 머쓱하게 시간을 보냈다.

“이모, 여기서 바다가 가까워?”

내가 창밖을 내다보며 물었다.

“삼십 분쯤 가면 돼.”

“여기가 포틀랜드라고 해서 나는 왠지 항구 도시일 거라 생각했어.”

이모가 대답 대신 고개를 끄덕였다.

“그럼 언제든 배를 타고 떠날 수 있는 곳이네?”

내 얘기가 뜬금없었는지 이모는 잠시 생각하는 얼굴이었다.

“누군가에게는…… 종착지겠지?”

"그런가?"
"……."
"참, 포틀랜드 시내에 워싱턴 공원이 유명하다던데."
이모가 가볍게 미소를 지었다.
"지우야, 저 상자 좀 가져와 봐."
이모는 몸이 저린 듯 팔다리를 주무르다가 바닥 한쪽에 놓인 상자를 보며 말했다.
"저기 노란 상자?"
나는 엄마가 일하는 모습을 슬쩍 바라본 뒤 냉큼 이모에게 상자를 가져다주었다. 이모는 상자 뚜껑을 열더니 신기하다는 표정을 지었다. 체크무늬 리본 머리핀을 꺼내 내 머리에 대보다 피식 웃었다. 곤충 모양 열쇠고리와 손때 묻은 작은 종이 인형들도 차례로 꺼내 들여다보았다.
"이것 봐라. 지우야."
이모가 동물 캐릭터가 그려진 열쇠고리를 보여 주며 말했다.
"이거 너희 엄마가 나 준다고 기계에서 뽑아 놓고 안 준 거다."
"엄마랑 이모도 예전에 뽑기 같은 거 하면서 놀았어?"
"그때는 이런 거 하고 노는 게 최선이었어."
"정말?"
"그럼, 할머니가 일 다녀서 늦게 들어오셨거든. 그때 너희 엄마랑 얼마나 잘 놀았는데."

이모가 이번에는 크레파스를 집어 들었다.

"어, 이거는?"

"왜?"

이모는 대답 없이 크레파스 상자의 똑딱 단추를 열더니 안을 살펴보았다. 그러다 가만히 미소를 지었다. 부러지거나 짧아진 크레파스가 지저분하게 놓여 있었다. 뚜껑 안쪽에는 '1학년 7반 이주희'라고 적혀 있다. 이모 이름이었다. 이모가 초등학교 때 쓰던 크레파스를 엄마가 지금까지 보관하고 있던 모양이다.

"이모가 쓰던 거야?"

이모는 웃으며 고개를 끄덕였다. 난 부엌에 있는 엄마를 살피고는 이모에게 말했다.

"이모, 그런데 엄마가 좀 화난 것 같아."

"그래?"

"엄마가 이모네 집을 정말 오고 싶어 했거든. 매일 뭘 가지고 올까 고민하면서. 그런데 얼마 전부터 좀 이상해."

내 말에 이모는 작은 유리병에 든 조개껍데기를 보며 말했다.

"화가 날 만도 해. 나라도 그랬을 거야."

"무슨 얘기야?"

"내가 여길 떠날 날짜를 정했거든."

이모의 얼굴에서 웃음기가 사라졌다.

"……이모 또 이사 가?"

"응. 그럴까 해."

"왜? 여기 이사 온 지도 얼마 안 됐잖아."

"이번엔 진짜로 이사 가는 거야. 여기는 그 전에 잠깐 들른 거고."

이모의 말을 듣다 보니 엄마와 아빠가 왜 이 집에 관심이 없었는지 그 이유를 알 것 같았다.

"사실, 나도 여기 별로야. 새로 이사 가는 데는 여기보다 좋아?"

"글쎄, 가 본 적은 없어. 그래서 두려워."

"두렵다고?"

"그래, 그래도 그곳에 가면 할머니, 할아버지를 만날 수 있을 것 같아."

할아버지는 엄마와 이모가 어렸을 때 돌아가셨다. 그리고 할머니는 이모가 미국에서 간호사 생활을 막 시작했을 때 뇌출혈로 세상을 떠났다.

"이모, 무슨 말이야?"

내 물음에 이번엔 이모가 부엌을 힐끗 쳐다보더니 낮은 목소리로 말했다.

"지우야, 사실은 이모가 몸이 많이 안 좋아."

"알아. 그래도 지금은 나빠 보이지 않아."

"그래서 건강해 보일 때 떠나려고."

"……그럴 수도 있어?"

내 목소리가 떨렸다.

"그러려고 여기 이사 온 거야. 여긴 아픈 사람들이 떠나는 걸 결정할 수 있는 동네거든."

"어딜 떠나?"

이모가 더는 대답을 하지 않았다. 떠난다는 곳이 이 동네만을 말하는 것 같지 않아 괜히 기분이 안 좋았다. 무슨 질문을 해야 할까 고민하는데 아빠와 이모부가 집으로 들어왔다.

"대충 둘러봤는데 여기 겨울 경치가 좋네."

아빠가 신발을 털고 들어오며 말했다.

"어디 갔다 왔는데요?"

이모가 묻자 이모부가 답했다.

"어, 마을 앞 농장."

"그게 뭐야. 농장이라니. 거기보다 호수 쪽이 좋은데. 최선의 산책 코스는 아니었어."

이모는 아무 일도 없었다는 듯 다시 웃으며 이야기했다.

그날 저녁, 식사를 마친 우리는 밤 열 시도 안 되어 잠자리에 누웠다. 아빠는 침대에 눕자마자 코를 골았다. 엄마는 한동안 뒤척이더니 훌쩍이는 소리를 냈다. 아까 이모와 나눈 이야기들도, 엄마의 반응도 심상치 않아 어쩐지 마음이 무거웠다.

한 시간 정도 지나자 엄마가 잠이 들었는지 주위가 조용했다. 나는 잠이 안 와 멍하니 누워 있다 거실에서 나는 발소리를 듣고 자리에서 일어났다.

"이모."

소파에 앉아 있던 이모가 눈길을 돌렸다.

"왜 안 자고 나와?"

"비행기에서 너무 많이 잤나 봐."

"하긴, 한국은 지금 아침이지."

이모는 말끝을 흐리더니 두 손으로 이마를 꾹꾹 눌렀다. 주름이 잡히도록 미간을 찌푸리기도 했다. 머리가 아픈 모양이었다.

"이모는 할머니 돌아가셨을 때 생각나?"

"넌 생각나니?"

"응, 내가 일곱 살 때 일인데 다 생각나."

할머니가 뇌출혈로 쓰러져서 응급실에 갔던 날, 병원에서는 할머니가 며칠 내로 돌아가실 것 같다고 했다. 하지만 할머니는 이모가 미국에서 온 다음 날 세상을 떠났다.

"그때 말이야. 할머니가 이모를 기다렸던 거 아닐까?"

"무슨 말이야?"

"의사들은 할머니가 이틀도 넘기기 힘들 거라 했거든. 그런데 일주일도 넘게 계셨잖아. 이모가 올 때까지 버텼나 봐."

"네가 그걸 어떻게 알아?"

"느껴졌어. 마지막으로 중환자실에서 할머니 손을 잡았을 때."

"……."

"그게 할머니의 마지막 최선이었을 거야."

마지막 말은 이모가 좋아하라고 한 말이었다. 하지만 이모는 웃지 않았다. 이마에서 손을 떼고는 약을 먹어야겠다며 부엌으로 향했다.

그날 이후, 이모네와 우리 가족은 함께 밥을 먹고 산책을 하며 여느 날과 다름없는 일상을 보냈다. 엄마는 자신이 가져온 상자 안의 물건들을 하나둘 꺼내 이모와 이런저런 이야기를 나누기도 했다. 한동안 아무도 이사 얘기는 꺼내지 않았고 나도 묻지 않았다. 뇌종양을 앓는 이모의 건강 때문에 짧은 여행도 떠날 순 없었지만, 굳이 가고 싶지도 않았다. 서로 마주 보며 웃고 음식을 나누고 관심사를 공유하는 일이 지금 우리에게 가장 필요한 일이었다.

이모는 온종일 침대에서 일어나지 못하기도 했고, 구토 증상으로 여러 번 화장실로 달려가기도 했다. 하루 이틀 사이 이모는 젓가락을 떨어뜨리는 횟수가 늘었고 말도 자주 더듬었다. 그럴 때면 우리는 모두 긴장 상태가 되었다. 이모가 현기증이 난다며 바닥에 주저앉을 때는 가슴이 덜컹 내려앉을 정도였다.

아빠와 이모부가 마트에 간 어느 날 아침도 먹지 않고 누워 있던 엄마가 여행 가방을 챙기기 시작했다. 이틀 더 머물다

돌아갈 건데 왜 가방부터 챙기는 건가 싶었다.

이모는 마루에 앉아 노란 상자에 담겨 있던 물건들을 하나씩 들여다보았다. 그러다 크레파스를 꺼내고는 날짜가 지난 달력 한 장을 가져와 뒷면에 그림을 그리기 시작했다. 뿌리가 넓게 퍼진 나무를 그리더니 가지에 연두색과 초록색 잎을 한 가득 그리기 시작했다. 내가 나무 옆에 작은 꽃과 나비를 그리자 이모가 나를 밀쳐 냈다.

"내가 그릴 거야."

이모는 내 손에 든 노란색 크레파스를 빼앗아 가더니 날개가 큰 나비를 그렸다. 잠깐 사이 더는 공간이 없을 정도로 종이에 그림이 꽉 찼다.

"이모는 욕심도 많아."

"왜?"

"이모 혼자 다 그리고 싶어?"

"……."

내 얘기에 이모는 나비 날개를 칠하던 손을 멈추었다.

"……내가 기다리고 있었나 봐."

이모는 혼잣말하듯 말했다.

"뭘?"

"봄을."

이모는 손에 쥐고 있던 크레파스를 내려놓더니 엄마가 있는 방으로 향했다.

"언니."

이모가 방문에 기대어 서서 엄마를 불렀다.

"언니, 괜찮아?"

이모의 말에 엄마는 잠시 머뭇거렸다.

"응, 그래. 괜찮아."

엄마의 목소리가 떨렸다. 그러더니 돌아보지도 못한 채 고개를 숙였다.

"언니!"

"……미안해. 주희야. 나 먼저 돌아가야 할 것 같아."

엄마는 더 이상 참기 힘들다는 듯 울먹이며 꾸역꾸역 말했다.

이모는 흐릿한 눈빛으로 대꾸했다.

"언니, 그래도 가기 전에 나 떡볶이 좀 해 주면 안 돼?"

"뭐?"

엄마가 손에 들고 있던 옷가지를 내려놓았다.

"떡볶이 해 달라고. 이번엔 맵지 않게!"

이모가 다시 한번 말했다.

"……."

"해 줄 수 있지?"

엄마는 돌아앉더니 어린아이처럼 엉엉 소리 내 울기 시작했다. 이모는 그런 엄마에게 다가가 손으로 등을 쓸어내려 주었다. "괜찮아. 괜찮아." 하면서.

나는 다시 거실로 나와 이모와 그리던 그림을 바라보았다.

나까지 울면 안 될 것 같은데 나비 날개 위로 자꾸만 눈물이 뚝뚝 떨어졌다.

나는 예정된 날짜까지 미국에서 보내다 아빠와 함께 한국으로 돌아왔다. 일주일 중 이틀은 학교에 지각하고 아침, 저녁은 제대로 챙겨 먹지도 못했다. 엄마가 미국에 남았기 때문이다. 고모가 자주 들러 밑반찬을 만들어 주고 집 청소도 해 줬지만, 엄마 없는 자리는 늘 뭔가가 부족했다. 힘들고 불편한 게 한둘이 아니었다. 하지만 엄마가 빨리 돌아오길 바라지는 않았다.

오늘 아침엔 아빠가 나를 깨우고는 급히 신발을 챙겨 신고 출근했다. 여덟 시가 좀 넘었으니 아빠도 지각할 것 같았다. 시리얼을 챙겨 먹고 학교에 가려는데 화장실 앞에 놓인 빨랫감들이 눈에 들어왔다. 대충 챙겨 빨래 바구니에 가져다 놓는 사이 전화벨이 울렸다. 나는 빨래를 던지듯 내려놓고 전화를 받았다.

"엄마?"

"응, 그럼, 잘 지내지. 엄마는?"

"여긴 걱정 없어. 엄마가 있을 때보다 훨씬 깨끗해. 아빠가 요리를 잘하는 줄 이번엔 처음 알았다니까."

"응, 이제 학교 가려고."

"……어. 그래 엄마……. 알았어."

포틀랜드에서 떠나는 이모의 이사 날짜가 달라졌다. 달력을 보니 이모가 정한 날짜보다 한 달이 지나 있었다.

난 가방을 챙겨 집을 나섰다.

학교를 향해 달렸다.

오늘은 지각하고 싶지 않았다.

작가의 말

먼 미래가 아닌 현재를 이야기하기 위해
판타지와 SF를 쓴다.

때로는 현실이 가상의 상황을 앞질러 가고,
우리가 마주하는 실제가 환상보다 더 기이하기에
내 글이 얼마나 더 치열해야 하는가를 고민하기도 한다.

미래는 아직 도래하지 않았으므로,
우리가 바꿔 갈 수 있기에.

책이 나오기까지
일곱 편의 이야기를 함께 보듬어 준 윤설희 편집자님과
사계절출판사에 진심으로 감사드린다.

전성현

데스타이머

2022년 10월 21일 1판 1쇄

지은이 전성현

편집 김태희 장슬기 윤설희 최경후 디자인 김효진
제작 박흥기 마케팅 이병규 양현범 이장열 홍보 조민희 강효원

인쇄 천일문화사 제책 J&D바인텍

펴낸이 강맑실
펴낸곳 (주)사계절출판사 등록 제406-2003-034호
주소 (우)10881 경기도 파주시 회동길 252
전화 031)955-8588, 8558 전송 마케팅부 031)955-8595 편집부 031)955-8596
홈페이지 www.sakyejul.net 전자우편 literature@sakyejul.com
블로그 blog.naver.com/skjmail 페이스북 facebook.com/sakyejul
트위터 twitter.com/sakyejul 인스타그램 instagram.com/sakyejul

ISBN 979-11-6094-960-5 44810
ISBN 978-89-5828-473-4 (세트)

이 도서는 2021년도 한국문화예술위원회 아르코문학창작기금지원사업에
선정되어 발간되었습니다.